小文艺·口袋文库
小说

成为你的美好时光

北地爱情

邵丽

目录

北地爱情

...001...

第四十圈

...107...

北地爱情

一

走出校门那年我二十八岁,刚刚拿到清华大学经管学院的博士学位。不过这并没什么可骄傲的,怎么说呢,时也运也命也。要是前些年,这个文凭还有点含金量,现如今一年不如一年了,一来普天之下尽是"博士到处走,硕士不如狗"的坚硬现实,二来女博士不招人待见亦是当下世相,甚至连找对象这种事儿都成了弱势群体。

最后选择去Z城的金帝上市公司也是我反复权衡的结果。如果去外企做白领，一个月可以拿到七八千左右的薪水，而且我已经通过了德国西拿上海咨询公司的复试，很快就可以进入见习期。要是回四川老家当公务员，据说，有关规定能安排个副县长，月薪可以拿到三千元左右。在电话里，父亲强烈要求我回去。不言而喻，他巴望着靠我的成功扬眉吐气一回。三十年前看父敬子，三十年后看子敬父，他在电话里近乎用"我胡汉三又回来了"的口气跟我念叨，好像县政府的印把子一半在我手里，一半已经在他手里了。算命的都说咱家早晚要重见天日，要是你回来，你爷爷都会在坟里笑醒！

重见天日，这几个字从他嘴里说出来，听着有一种摩挲压在箱底的暗器才有的那种阴暗的快感。这也难怪，据我外婆说（她说起我父亲，总是一脸的不屑），我父亲"文革"的时候曾经红极一时，他那时是"双突干部"——

突击提干，突击入党——这是他用斗地主，打"右派"，砸公社书记办公室的革命行动换来的。后来他官居乡里"革委会副主任"的高位。娶我母亲用的也是不甚体面的手段，据说跟霸占差不了多少。"文革"结束后，他受到了政治清算，"跳得越高摔得越惨"的命运之手，一巴掌把他打翻在地，从此他的人生像一捆打起来的旧包裹，再也没有展开过。直到我拿了全市高考状元，他才如释重负，拉着我跪在爷爷奶奶的坟前放声痛哭了一次。都说男人的哭是一种软弱，而男人的痛哭则是一种力量。可在他的哭声里，我没有得到安慰或者鼓舞，而是脊背发冷，汗毛一根根地竖了起来。

现在，如果我回家乡去做副县长，他在村子里就可以重新背着手走路了，用冷笑就能把那些曾经打击过他或者看不起他的人一个个杀死——他给我寄来家乡招揽人才的政策，上面说，如果博士回去，可以安排当副县长，条件合适的也可以直接当县长。

正在我犹豫之际，中部六省联合来学校举

办了一次大型人才招聘会。就是在这次会上，我遇到了金帝公司的董事长金玉玺。说来也巧，我之所以直奔金帝公司的展位，一来是他们在我的家乡建了一个非常大的屠宰厂，我有好几个亲戚都在那个厂子里干活；二来这个在港股上市的国内企业是我们必修的成功案例，它在国内外有几十家分公司，据说如果他们兼并了意大利的一家有着数百年历史的食品公司，将会成为世界上数一数二的肉制品企业。

我在金帝公司的展位前坐下，递上个人简历。接待我的是厂办主任，胸牌上的名字是李毓秀。一个高大而且高傲的北方女人，光彩耀人，棱角分明。她边看我的简历边跟我聊着，问了一些最简单的问题。最后她问我，你为什么会选择金帝公司？我老老实实地说了上述两个原因。她看着我，非常满意地点着头。天，她把我领到展厅后面的一个小套间里，介绍给他们公司的董事长金玉玺，一个在商界被传说为神的人物。李毓秀直言不讳地对董事长说，我是她今天最满意的一个应试者！董事长头都没抬,问:怎么说?李毓秀轻声说:南方女孩,实在,大方。他抬起头来,漫不经心地打量了我一眼,然后又像猛然想起什么似的,狠狠地盯着我。他那天穿了一身白西装,面前摆着好几部手机。他盯着我看时的神情我不喜欢,非常不喜欢,但我始终用应聘者专用的微笑回应着他。他拿过我的档案看了一会儿,突然用四川话问我:你是四川地?

是地!四川地!我把微笑放大一点,努力假装轻松地操着川西口音回答他。他点了点头,把面前的手机像洗牌似的调换了一下位置,随后掀开了他的底牌:试用期年薪二十万,奖金另算。至于试用期满嘛——,他说了一个让我晕倒的数字。

金钱无疑成为我们之间的最大公约数。我学的是钱,我也需要钱。家里东挪西借地供我读了二十年书,正是举步维艰的时候。

就这么简单,我决定三天后赴任。我甚至懒得上网查查Z城的基本情况,反正只要能够逃出北京，这个让我人不人鬼不鬼的地方就行。说起来我在这个城市里生活了九年，可是我一次都没真正走进过它，既不知道它有多大，也不知道它到底有多么繁华。在这个世界级的大都市里，我活得简直像一个拾荒者，遭遇的各种伤心事不说也罢，你懂的。

金帝的主厂区是一个工业新城，大得跟一个小城市差不多。来到厂子里的第一天，填各种表格，签正式合同，跟着一批新来的人员到厂史展览室接受入厂教育。第二天，到厂区参观，熟悉工作流程，安排食宿。第三天、第四天，我们这一批新来的人员基本都有了工作岗位，可是没人找我谈。我去找厂办主任李毓秀，连办公室的大门都没有进去。办公室秘书出来告诉我说，主任正在开会，让我把电话留给她，回去等消息。

大概会是什么时候呢？我问秘书。

她瞟了我一眼，摇了一下头，转身轻手轻脚地关上了门。

又等了两天，还是没消息。百无聊赖，度

日如年。那天下午，我信步走出工业城，沿着一条大路向市区走去，想找个电影院看场电影。刚刚走到一个超市门口，手机突然响了，是一个全部显示为0的隐蔽号码。电话是毓秀打来的，毓秀说：你等着，董事长跟你讲话。

董事长？我的心狂跳起来，以为自己是在梦游。我明白，招聘的时候是一码事，真正成为一个企业的员工之后是另一码事，在这个有着国内外几十家分公司、数十万员工的企业里，我一个刚来的黄毛丫头与董事长之间的距离太遥远了，他怎么会直接跟我打电话？但是，没容我多想，董事长那中气十足的声音就响了起来，他的话把我震得目瞪口呆：

是这样，他嘴里好像在咀嚼着什么，让我觉得面对的是一个正在捕食的动物，我身边还缺一个秘书，如果你不觉得委屈，就先跟着我适应一段时间！说完，我清晰地听见他喝了一口汤，咕咚一声咽下去，然后挂断了电话。我听着电话里的忙音，呆呆地立在那里，半天都没缓过神来。如果不是亲身经历，谁会想到含着零食就这样把一个女博士的命运给展开了？看来这世界本无公平这回事儿，有些人的公平，是需要另外一些人的施与才能得到的。

走近金玉玺之后我才知道，毓秀每天下午给他用酒精炉炖一只血燕，配六只虫草，这是他的加餐。再后来，这事儿就成了我的本职工作。

那天晚上我无论如何也睡不着，脑子里翻来覆去就是这件事，既思想着它的过程，也思想着它的结果。它来得太突然，也来得太特别，如果用经济学的成本效益方法分析，要得到这样的效益，得付出怎样的成本？

后来发生的那些事，让我切切实实体验到理论只是一具失血的干尸，而生活才是活生生的教材。

不过，若是开篇就说到我后来和金玉玺之间发生的那些食色故事，你肯定会认为我是个不正经的女孩。事实上我们之间的故事经历了很长一段周折。真正上班之后我才知道，董事长的秘书不止一个人，有文字秘书、文件秘书、生活秘书、企管秘书，整整是一套工作班子。毓秀是办公室主任，还兼任着生活秘书。我是文字秘书，主要负责他出席会议和有关活动用的文字准备。其实，跟他时间长了我才明白，给他起草的文字材料常常是浪费资源，他讲话几乎不看稿子，虽然不是出口成章，但是句句话都有的放矢，几乎没有虚话废话，这让我对这个看上去粗枝大叶的男人刮目相看。有一次公司领导班子开会讨论一个发展规划，他点名让我参加。我拿着速记本过去，以为只是帮助整理一下文字材料。谁知讨论的中间，他突然指着我说：博士，从我进入公司一直到我离开这里，他总是这样称呼我，说说你的意见。

什么——？我脸涨得通红，虽然站了起来，但身子佝偻着不敢直立。

先坐下吧！他的大手朝我挥了一下，在这个企业，可没有人是旁听生！

我面红耳赤地低着头，恨不得把后来会议上的每句话都吃到肚子里。

不过，从那次会议之后他再也没有点过我

的名。毓秀兼任的生活秘书的职责，慢慢转移到了我这里。我离他越来越近,给他炖虫草血燕，负责打理他出席各种场合的着装。开始这些我都不怎么懂，便去问毓秀。毓秀说，也没什么忌讳，他这个人，你准备什么他穿什么。可事实上不是这样，他是个骨子里非常讲究的人，而这些讲究，却是他不声不响一点一滴地灌输给我的。他非常有耐心，也很随意，平时和气得像个好脾气的父亲一样。好在我不笨，南方女孩的灵秀和天生打理家务的本领，让我很快就掌握了他的习惯和偏好。我能让他满意，我肯定不是个旁听生。

搬到董事长的豪宅住是他提出来的。这要回头说一说我来上班后公司为我准备的两室一厅的公寓房。一上班就有自己单独的房子，是非常令我喜出望外的，七十多平，要是搁北京，简直是一步登天了。但是走进房间，多少还是有点失望。房子是十几年前公司刚成立时建的职工宿舍，住过多少人已经无从考证了。卧室的墙壁和那张破旧的床垫上印满了可疑的污痕，卫生间的马桶浪费我一个下午的时间，用了一桶去污剂都无济于事。整个房间弥漫着一股只有公共厕所才有的那种馊味儿，一间房屋，经历过多少主人就会留下多少种气味，无可消弭。

开始我怀疑这味道是我从学校的宿舍里带来的，我受够了这种气味。没有任何一所大学的宿舍里没有那种尿骚味儿。有人说，在大学的厕所里蹲一次，你就不是原来的自己了。为什么没有人说只要进到大学生宿舍里，就等于进到大学的厕所里呢？我曾经想过，这种味道是不是北方特有的？

若不是后来频繁进出董事长的豪宅，我也许对自己认真清扫粉刷后的小家会基本满意。尽管一切都还陌生，但我有了自己的家，它让我有了一种职场女性独立的尊贵感，让我对未来的新生活野心勃勃。

那次是因为工作需要，下班之后毓秀带着我去董事长家。他家坐落在公司总部大楼东面，是一个独立的大院子，里面有三四栋建筑，经过好几道门岗才走进大院里面的一个小院子，金玉玺住在这里。我们进去的时候他正独自面对一桌子饭菜吃饭，他一个人。看见我们进来，他点着餐桌上丰盛的食物说，你们就在这吃吧！说完他便自顾自地吃起来。从那时我才知道，他一天要吃五六顿饭。眼前的餐桌上摆满了精美的食物，有蒸得碎玉样的白米饭，有鸭汤和嫩绿的小青菜，竟然还有两道让人看见就流口水的川菜。他有从四川请来的专业厨师。

毓秀摆摆手让我坐下。她也靠着我坐下来，虽然扎着吃饭的架势，可是一口饭都没吃，只喝了两口汤，说有事要先走了。我左顾右盼看着他们两个，不知道自己该不该也跟着站起来走。董事长眼皮都没抬，用筷子指指菜，说，吃呀！我赶紧低下头继续扒自己碗里的饭。

饭后，董事长说，从明天起，你就搬到这里来住。看我有点惊讶，他又补充说，在这个院子里，还住着十来个工作人员，你先跟他们住在一起。

第二天我就搬到了金董事长的大院子里，住在管理人员宿舍楼的二层楼上，自己独占一层楼。也真是奇了怪了，三个同学挤在一间研究生宿舍里我都觉得宽绰，而自己住一层楼则觉得拥挤得厉害——可能用拥挤这个词不太贴切，算是压迫吧。每次登到二楼，站在宽大的阳台上，我都有"独上西楼，望断天涯路"那样的凄惶。上班的时候我跟毓秀说起这事，她只是淡淡地笑笑，看我还在疑惑，便跟我说，你想想，董事长哪次请人吃饭不吃掉一间屋？

小家子里走出来的我，当然还没有学会这种换算方法。

自从我搬进去之后，厂里的人对我的态度好像跟过去不太一样了，那是一种躲避还是恭敬，说不清楚。平时我跟谁都没什么交往，也没有朋友，我来这个地方大半年的时间都没有朋友。能够跟我说上话的，或者能往朋友上靠的，只有毓秀一个。我搬进金玉玺那以后，毓秀对我很客气了，常常以大姐的身份，提醒我一些注意事项，这让我很感激，但又让我隐约感觉到一种受到钳制的压迫。她总是说，在金帝工作，做你应分的事情。分外的事情，既听不见，也看不到，更说不出，否则——她话里有话地看着我——是不太合适的。她还说，我们对企业的忠诚，落到实处就是对董事长的忠诚，"所谓跟群众打成一片，就是跟领导打成一片，领导就是最大的群众！"

慢慢我了解到，毓秀是董事长夫人的闺蜜，是金夫人从小学一直到大学的伙伴，也是金夫人让老公一步步把她安排到眼前的这个职位上的。我觉得他们没看错人，毓秀办事很有分寸，既能够有所作为，又知道适可而止，不卑不亢。在我心里，她是一个成熟完美的女人，我因此而信任她。

有一次，她在办公室主动跟我聊起金玉玺的家事。她告诉我说，董事长挺可怜的，他的夫人和孩子去美国定居已经十多年了，大儿子娶了个美国妞，生了个洋孙子。二儿子也找了个华裔女孩，跑女方家住去了。孩子们都不愿再回到这灰秃秃的北方小城，妈妈又舍不下三个孩子，特别是最小的女孩，长得像天使般可爱，那可是她的命根子。他们很少回国，董事长一年半载去一次，每次回来，情绪很久都不会恢复。他觉得那边的家人对他过于冷淡，除了夫人，孩子们没人陪他，他想跟孩子们亲近一下都很难。有一次他没有敲门就进了女儿的房间，女儿惊得大叫起来，惹得夫人从中调停大半天。他们已经变成地道的美国人了。夫人知道他不可能放弃自己的事业陪他们到美国生活，企业也是他的命根子。但是让他们放弃美国优渥的生活环境回到国内来也不现实了。因此，他与孩子们的关系也变得相对简单起来，简单得只有汇款账号上的数字和他的签名。

毓秀那天把这事儿说得活色生香的，生怕我听不明白。我不知道她为什么跟我说这些，她不是告诉我分外的事情既听不见，也看不到，更说不出吗？

我在照片上很多次看到过董事长夫人，瘦弱白净的面庞像一只瓠瓜，眼睛和鼻子好像是用凿子刻出来的，缺少情绪。但是那张嘴很有个性，嘴唇薄而白，嘴角微微下撇，与上翘的眼角形成呼应，在那个三角区里潜伏着一种不怒自威的淡定。

可是，如果我单独跟董事长在一起久了，毓秀又会提醒我说，他们夫妻感情很好，董事长从来没有招惹过任何女人。任何。她看着我的眼睛别有深意地说。

我不知道她是提醒还是告诫，反正这让我很逆反，而且我应该告诉她，我是因为逆反才有今天的——一个堂堂正正的博士，一个鸡窝里飞出的凤凰。也许我想强调这一点的目的是，我可以借机把后来发生的一切事情的责任全部推给她。

我本善良，但不软弱，也不糊涂。

说实话，我喜欢上了董事长家的食物和宽大的别墅。他一个人住六百平的房子，有佣人和厨子，即使在梦里，我也不敢走入这样的世界。从内心来说，我渴望过上一种体面的日子，在学校里我就不忌讳和有钱的同学谈钱。我是经济学博士，既知道有钱意味着是什么，也知道没钱意味着什么都不是。若不是为钱，我又如何愿意来到这个乏味的北方小城？

我的宿舍在工业区最西边。搬过去那天我找了门岗的自行车，回去把必需的用品带过来，其他东西都没动。我骑着自行车穿过工业城的时候，突然有了一种异样的感觉，第一次觉得这个人工新城跟我发生了某种关系。至于什么样的关系倒没有深想，有点兴奋，也有点忐忑不安。

在自己家里，董事长好像变了个人似的，对什么都听之任之。他对待下面的人宽容仁厚，也看得出来他们对他都忠心耿耿。本来我想跟其他人一起吃饭，可是他不同意，说我们吃饭的时候还要工作。这也是真的，他常常把工作带到饭桌上，面前放着四五部手机。有一次，他给我讲起新加坡分公司的一个经理，说他曾经有一年的时间，每天只睡一个小时，白天办理亚洲的业务，晚上办理美洲的，完全靠浓咖啡支撑着，一年喝掉一百多斤咖啡。就为了他们，我也不能偷懒啊！我确实没见他偷过懒，他工作的认真和刻苦，外人是无法想象的。他看材料、打电话，要到很晚才睡。早上天不亮就起来，绕着工业城的核心区步行一圈，风雨无阻。记得有一次，那已经是我们好了之后很久了，他在接见意大利圣菲特公司的董事长时，叹着气说了一句非常意味深长的话，他说：我们两个都是病人，老病人。看着老圣菲特一脸的迷惑，他用指头点着自己的头继续说，而且是不治之症——工作病。对方听完哈哈大笑——老圣菲特已经七十多岁了，掌管着有几百年历史且在全世界也是鼎鼎有名的家族企业。他穿着看起来比他的年龄还要老的旧皮鞋和在自由市场上淘来的T恤，每顿饭只吃白面包夹生黄瓜番茄片，喝瓶装的"依云"，每天工作十几个小时。

除了敬业，金玉玺还吝啬得厉害，每次挤的牙膏跟黄豆粒似的，一卷卫生纸能用半个月。可是他为什么要住这么大的房子、吃这么排场的东西呢？很多我认为不该奢侈的场合他都花钱如流水，钱撒出去连响声都听不见。

吃东西是我的工作，不吃那么多怎么知道什么好吃？有一次我问他的时候他跟我这样说，住，也是公司的排场。公司的排场既是面子，也是里子。是吧，博士？

我咀嚼着这句话，很久才想透里面的道理。

每次吃饭我都坐他对面。开始还很拘谨，时间长了也就放松了。家里的水果他几乎动也不动一下，他是个典型的北方男人，喜面食，不吃水果不喝茶。我想尽一切办法把他的胃口调动起来，我把果肉血红的柚子切开，剥成一瓣一瓣的，把山竹从壳里挑出来，把苹果去皮切成小块，放到电脑或者电视机前。有一次，他在电脑前，喊我过去帮他翻译一封英文信件。我刚刚走过去，他暗示我拿一块水果给他吃。我紧张得出了一身汗，看他若无其事的样子，只好插起一块芒果片送到他嘴里。他的嘴唇宽大而温热，是一张动物的嘴——我突然想到他跟我打电话那天我纷乱的想象。这一刻我的思想也走了很远，心里很乱，尽是乱七八糟一闪即逝的东西。我甚至想,这张嘴唇跟他夫人那张薄白的嘴唇吻在一起,会是什么滋味儿?

看到我狼吞虎咽的吃饭样子,他就会会心地笑起来。我就故意吃得很香,还带出很大的响声,这常常让他忍俊不禁。他说,人啊,吃饭就得像个人样!每次到欧洲去,看他们撮着嘴吃饭,觉得简直是糟蹋了上帝给的这么好的食物。还夸奖说,只要世界上有我这么贪吃的人,他就失不了业。

饭后他习惯喝一杯红酒。据说他过去滴酒不沾,喝红酒是夫人特意安排的,说是对心脑血管有好处,他遵嘱执行,然后就形成了习惯。我说,每天吃几枚干果和新鲜水果,红酒才能发挥作用。他听了笑呵呵的,也遵嘱执行。

有一次因为讨论一个合同,我们工作到很晚。回家吃饭的时候他让把饭菜放在他的卧室里。其实卧室比客厅还大,这是我第一次走进来,以为是进入了一个沙特王储的起居室。饭间他非要让我陪他喝一杯,其实这对我来说不算什么事儿。父亲最失意的时候，常常自己在家里酿酒喝，我们家里到处都是酒缸，光闻那个味儿就把我的酒量熏大了。我主动跟他碰杯，几杯下来，他喝得脸红红的，说起话来舌头都大了，笑起来像个孩子。我提醒他说，明天要出席一个重要活动，省市领导都要参加。他只管一杯一杯接着喝，我又提醒他一次，他说，什么领导，去他的！然后又开了一瓶。男人说"去他的"的时候，往往会放纵自己。果然，我过去夺酒瓶，他突然用另一只手紧紧地攥住我的手。我一下失去重心，猛地趴在了他的肩上。我非常紧张，挣扎着想站起来，但他用胳膊箍住了我。

　　我在他急切的抚摸里失去控制，说实在渴望他的怀抱不是一天半天了。那天就是那样，我们自然而然地滚到床上去了。对于我来说，那不是床，而是一艘大船，身下厚厚的拉毛床毯像是波涛汹涌的海洋，我要在这样的海洋里眩晕。去他的！去他妈的！我的心狂野地悸动着，想象着人的疯狂所能达到的极限。我猜想，这将是一次真正的生活——与过去那些偶尔疯一次，偶尔喝点酒哭一哭的生活相比的话——可是，说真的，我有点失望，他做爱时的表现和他所表达的那种热切大相径庭，有点像香港朋友送我的礼物，一个偌大的包装盒，揭开一层还有一层，到最后里面只是一个小饰品。

  他一句调情的话都没有，甚至不会亲吻，他那温厚而湿润的嘴唇掠过我的头发扭到了一边，到底没有吻我一下。事情很快就结束了，潮水迅速退去，给上岸的人带来无尽的尴尬。可从他的眼睛里，我什么都看不到，既没有满意，也没有不满。我想，即使是忧伤或者失望都能让我踏实一些，可是没有，有的只是平静或者平淡。那种平静跟性怎么都不能挂起钩来。这样也好，在我们的亲密里掺入某种疏离也许是一种稳定的力量。或者是，他不是不爱，只是不会爱，他放不下架子吧！我寻找着各种合适的理由安慰自己。如果不该发生的已经发生了，那么，该发生的就没有理由不发生。

的确，这是一次有分寸的偷情，我确定。他并没有进入灵魂的欢愉，但缺憾却不仅仅局限于此。他是想试一试他的能力还是想试探一下我的意图呢？这是我最不愿意要的结果，我不想成为他待开拓的市场的一部分。

我不知道他到底有多久没有碰过女人了，他曾经和妻子就是这样小心翼翼地做爱吗？关了灯，我试图把头挤进他的怀抱，而他几乎动都不动一下，呼吸轻微而克制。我猜想他是不是后悔了，他在心中祈祷他的妻子原谅吗？

实际上，做爱之后我并没有多少思索的时间，很快我就回到自己的房间去了。虽然他并没说过什么，但我也知道，那个晚上他并不希望我在他的房间里过夜。

性爱渐渐寻常起来，我会主动淘气地纠缠他，我知道，他喜欢我的缠绵，他一次次任由我在他身体上的放纵。是的，他喜欢。

常常，在我们温存之后，我会被头顶上一阵呼噜声弄出一身冷汗，扭过头看去，发现靠背上卧着一只黑底狸花的大猫,它正举着一只爪子,瞪着一双没有眼睑的大眼盯着我。它尖利的爪尖和磨得粉红色的足掌像一种身份证明,显示着它的尊贵和霸道。

它叫花花,在我没进来之前,它和金玉玺共同拥有这间屋子。金玉玺每天都柔声地招呼它,轻轻地逗弄它几下。除此之外,它几乎用剩下的全部时间盯着屋子里的一切。那是金玉玺妻子的猫,不好带去美国,也许是她故意留下它,她把她的某一部分寄居在它的身体里。它常常在我们做爱的时候悄悄躲在屋子的某一处,用金玉玺妻子的目光盯着我们,身上的毛随着我们做爱的节奏支棱着。

我说,那只猫——

金玉玺的表情会打断我的话,他不喜欢我讨论有关他妻子的一切,除非他主动提起她。他说起他的妻子,语气就像呼唤那只猫,不知道是逗弄、哀怨还是撒娇。

有一次我跟他提起她,他半天没说话,直到夜里我们要温存了,他才说:你老是问她干嘛？这问题把我难住了，这是个问题吗？而且我也没有老是问她啊！没什么，不过是随便问问。我故作轻松地说，其实被他的态度弄得很烦。

你拥有的是今天，没有什么值得你老是挂在嘴上。他轻描淡写地说。可这句话，把我深深地感动了，那天晚上我们做爱的时候，我觉得自己是个疯子，我把他也弄疯了。

就着这股热乎劲儿，我把他老婆斜倚在对面墙角的一帧巨幅照片趁他不在家时挪动了一下位置，让她那扁平的脸朝向门外，再也看不到床上的我们。然后把我过塑的一张小照嵌在床头靠背的空当里。他回来看到这些小把戏，苦笑着摇了摇头，也没说什么，算是默认了。我不想把我们的做爱弄成一个公共事件，哪怕是心理上的。估计他也一样。

那时候我还不明白，生活中的滑稽或者悲哀，不是因某人某事而起，仅仅是因为它本身。它本身既滑稽，又悲哀。

二

金玉玺在Z城土生土长，祖祖辈辈都在这里生活。他曾经在四川当兵，参加过自卫反击战后被提拔为军官。但他不服那里的水土，一到夏季身上就长满湿疹，疼痒难耐，只好提前转业了。他当初转业回来，因为没有过硬的关系而被分配到国营肉联厂工作，这是一个奄奄待毙的企业。谁知福祸相倚，他回来的第二年，正好赶上全国各地刮起企业承包风。那时这个中原小城还特别封闭，无人敢收拾这个烂摊子。他凭着军人的一腔热血，哈腰挑起了这副担子，用了二十年的时间，把一个濒临倒闭的肉食品加工厂变成了市值上千亿元的上市公司，一个肉制品行业的庞大帝国。

金玉玺虽然只有初中文化，但在企业经营上却独具慧眼，他的一些作为，常常让我这个经济学博士瞠目结舌。有一次，鱼水之欢之后我们躺在大床上聊天，不知怎么的就说到了企业的发展。说着说着他忽然呵呵笑了起来,笑得浑身乱颤。他难得这么活泼放任,我抬起头来,问他笑什么。

你知道一个经济学博士什么时候才算真正毕业吗?他问。

愿闻其详。我把手搁在他胸脯上,那里面有一颗强大的心脏,像一台功率强大的引擎。

我认为,他又呵呵笑起来,笑得太深了,嗓子眼里好像有个哨子在吹,让我忽然之间觉得他有点陌生,他从来没有这样放纵过,他将我揽在怀里抚弄着我的乳房说,真正的经济学博士,书上学一点,床上也得学一点!

我们之间很少开玩笑,这个玩笑开得有点过了。我很生气,把手从他身上抽回来,侧过身去,身子蜷成一团。

博士,这还真不算个玩笑,他转过来揽住我的腰,用下巴顶住我的肩膀,努力把我的身体打开,好像我是一只可以拆装的玩具,如果你刚来我就把这个企业交给你,你能玩转吗?但是,现在再给你,结果肯定就不一样了是不是？你想想。

那这跟上床有关系吗？我是真生气了，觉得这种轻薄的话永远都不应该从他嘴里冒出来。

你想想！他的口气傲慢得不容置疑。

不得不承认，他说的是事实。

他做事的风格跟常人不一样，唯其不一样才有他今天的成就吗？比如向灾区捐款，这个企业捐的数额与它的声名相差很远。他个人捐得也不多，因此引起社会上很多质疑的声音。私下里，我问他为什么这么做。他说，我的责任不是慈善，而是办企业。捐款只是救人一时，而把企业办好了，则是救人一世。

咦？我真是感到愤怒，莫非这就是资本家的无耻？不是你救人，而是工人救你，不能忘本！

忘本？我？他坐起来靠在床头上，用手抚摸着下巴，好像有很多胡子似的，你算算看，不说世界各地我有多少企业，就说这个工业城吧，里面的工人和家属装了十五万，他们都是靠这个企业吃饭的。我今天宣布倒闭，明天市政府的门就打不开。倒成了我忘本了？

他是个地地道道的实用主义者，凡事没有对不对，只有行不行，在使用管理人员上特别狠，今天你能干，就有车子、别墅和六位数以上的年薪；明天你不能干了，就会下放到车间当工人。他管理企业的方法，在任何一本经济学著作中都找不到踪影，你有时甚至觉得他管理这么一个庞大的企业毫无道理。有一次在市政府经济工作会上他有个发言，硬是把ISO9001说成XO9001，我害羞得恨不得钻到地底下。

那次会后，我向他建议建一个金帝管理学院，营造自己的企业文化。他嘲笑我道，企业的文化就是赚钱，赚不到钱连屁都不是。我说，最起码我们该有自己的价值理念和道德架构。他的嘲笑更大声了，说：那些口口声声讲道德的人，他们的道德在哪里呢？你想想什么人叫企业家？就是那个比员工哭得多笑得少，比员工发愁得早享受得晚，企业倒闭员工眼睁睁看着他去跳楼的人。还有比这更大的道德吗？

我无语。

有时候我的委屈无处发泄，我总觉得他找我这个经济学博士不是用来征求意见或者提供帮助，而是专门用来嘲弄的，也许是想用这种极端的方式来验证他的成功吧。但是，恰恰是这种处理事情的方式让我深深地迷恋，也许是爱，谁知道呢！如果是爱，是他的哪一点让我这么爱他？他的不管不顾的执着？他的不惊不惧的淡定？还是他的坚定刚毅宁折不弯的气概？

在床上，爱是一个绕不开的字眼。可当我说起这个字眼的时候，他总是说：我不值得你爱。我是个杀猪的，而且仅仅是个杀猪的，什么都干不来。可是在这个调侃的背后，是他深深的自负和凛然不可侵犯。有一次在兴头上，我喊他杀猪的。他停下动作，从我身上翻下来，显得很生气。我说：我不能喊"杀猪的"？

你不懂。

我不懂什么?

他盯着我看了一会儿,好像是自言自语地说:我喊自己杀猪的,谁都知道什么意思。你喊,就没人知道了。他突然提高了声调,显得很激动:我就是喜欢杀猪,杀得猪看见我就害怕,动都不敢动一下;杀得连人都怕我,再没人敢杀猪了,我就成屠夫状元了!

——嗯,我懂啊,我怎么会不懂?我爱的或许就这股子杀气,尽管这种气概从来没有延伸到床上。

我不能告诉金玉玺我不习惯这里,也想象不出来他怎么能几十年如一日地待在这个偏僻的地方。也许真的是一方水土养一方人,就像他自己说的那样,换到任何地方他都水土不服。可是,即使是祖祖辈辈生长在这块土地上的人,那一望无际没有任何特色的大平原,冬天的干燥令人浑身蜕皮,使人绝望的光秃秃的树木和灰蒙蒙的天空,会让我心灵深处发抖。尤其是一个人的时候,那种绵延不绝的孤独涌上心头,仿佛这里就是世界的尽头和末世。

只是，因为有了他，这不能忍受的一切才有了改变。毕竟我是一个健康的、有着正常需要的女孩，我想被别人温暖。是的，我需要的他都能给我，他能在极短的时间里焐热我的身子，也焐热我的感情。他高大魁梧，处变不惊。他的出现既能改变时间，也能改变空间，很多人的命运都握在他的掌心里。我像上瘾一样喜欢陪同他出席各种活动，走在他的身后，会突然生出一种君临天下的骄傲感。他是这里的王，这里所有的人都敬畏他。他在一份法律文件上轻轻签上金玉玺三个字，就有可能改变股价指数，并成为中央电视台新闻联播的内容之一。

可是，我不知道如何确定我们之间的关系，不知道为什么我们会走到一起。不记得是谁说过这样一句话：人的所有行为都跟性有关，除了性本身。

这话套在他身上特别合适，我觉得如果完全从性的角度讲，即使他需要一个女人，也是出于习惯而不是出于必要。他显然缺乏征服女人的激情，一切都是循规蹈矩的，慢吞吞的，抚摸、交媾，包括巅峰时刻，你都能感觉到他那心不在焉的仪式感。他既不是孤独，也不是忧郁，好像被某种模板给固定了。我想起她妻子那张缺乏表情而又尽是情绪的脸，他们半辈子也许就是这么过来的。可对于我呢？我们做爱仅仅是一个程式，他沉着，冷静，对我突然爆发的热情无所适从。每当我看着他在我身旁沉沉睡去，心里就禁不住哀伤。我们都是成年人了，他不是我第一个男人，我也不是他的第一个女人，互相之间因肉体碰撞而产生的震颤一次都没有发生过，也许这只能说明我们并没有走进对方的灵魂。

但显而易见的是，走向对方灵魂的路障是他设立的。这个障碍如果有一个原因的话，那就是他的妻子。我明白，不管他怎样放纵我，甚至宠爱，我都代替不了他的妻子。他的妻子是一个叫李梅的女人，我无法取代她的位置，哪怕是暂时的。我记得有一次他喝多了，高潮的时候突然紧紧地抱着我喊老婆。我兴奋异常，对他格外亲昵。可只有这一次，后来我再怎么喊他老公，他也不会用老婆回应我，最多是喊个亲爱的。所以我不得不常常提醒自己我的身份，而如果在一场爱情里你有着明明白白的身份意识，肯定比在生日蛋糕里吃到沙子更让人膈应。

门口的小花园里生长着两棵巨大的木瓜树，是金玉玺的妻子高价从南方买回来的，有花工专门负责管理。到了秋天，两棵树会结出一片金黄的果实，院里院外都飘着木瓜特有的馨香。金玉玺告诉我说，木瓜果可以充当香料，它散发出的气味能够治疗顽固的失眠。李梅喜欢把它们摆在床头，她的失眠症很厉害。他边摇着头边对我说，有时候她打电话问起这些树，我就知道她的失眠症又犯了。老天爷，莫非他根本就没注意到我也有失眠症吗？每当他完事之后呼呼大睡，我却躺在他的旁边辗转反侧，像一个失足落水的人，在孤独的海洋里任忧伤和绝望一波波地淹没我。

那一年结了很多木瓜，但他从来没提起过

要把木瓜摆在床头，更不会想到让我把木瓜带回自己的房间，而是任那些果实白白地落在地上慢慢腐烂掉。李梅不在，没有人能够享受这些木瓜。有时候，他看着树下散落的残果，眼睛里满是落寞和无奈。这是他妻子的树，我觉得他眼睛里根本不是那些果子，而是那个叫李梅的女人。

你是爱我的，对吗？虽然这是个完全私人的问题，但我问起他来，因为身份原因，还是觉得哪哪不对劲——话一出口，怎么就变得好像是祈求。但我管不了那么多，有时候，我会一而再再而三地追问，一半出于赌气，一半心有不甘。尽管我知道，爱情是一个整体，不是切成一块一块的零嘴，这一个夜宵或者那一个午餐。但是，我从来不会把它作为一个整体来理解，我只是追问当下的感受，如此而已。

博士，他把我的手窝在他宽厚的手心里，不能说他没有怜惜，你是个好姑娘。他用对孩子那般宽容的表情看着我，他肯定也是这样凝视他的孩子的。

他的孩子，他妻子的猫、树木，房间不可改变的格局。我有些愤怒，我们同居了，我住在这里，然而我却像是一个局外人，一个别人的职责所附体的躯壳。虽然我知道自己无法取代另一个女人，但我是这一个，我的存在不是一个虚无的空洞，也不仅仅是让一种虚空代替另一种虚空。而现在，好像身处大洋彼岸的李梅一直在和我们共同生活。我想起电影《蝴蝶梦》里的女主人公的噩梦，想起那个叫吕蓓卡的幽灵所制造的罪恶。

我就是这样看李梅的，她远隔千里却像幽灵一般无处不在。她靠着丈夫的钱，领着孩子们在美国过着上流社会的高尚生活，他们有自己的别墅，有大片大片的绿地和各种高贵的花草树木——尽管如此，连两棵可怜的木瓜树她也不肯放过。很多年过去了，孤独终于战胜了乡愁，现在她没有乡土观念，没有欲望，没有任何欠缺和委屈，她在大洋彼岸的那个国度俯身察看着这个猪圈般的小城。当她把金玉玺的一堆孩子圈在羽翼下时，就知道她已经把控了一切——孩子们是她最保险的人质。

听毓秀讲,李梅生长于汇城一个贫困的家庭,父母都是食品厂的退休老工人。她是老大,所以父母死后弟弟妹妹都要由她照顾。大学毕业后,虽然她拿了工资,但却是她生活最困难的时期。后来跟金玉玺结了婚,日子一天天好起来,弟弟妹妹会想出各种理由跟她要项目要钱。这是金玉玺绝对不能容忍的,钱可以有限度地给他们,但是项目一个都别想。于是,在金玉玺的安排下,她远远地离开了。度过简短的煎熬期之后,美国的日子还是轻松愉快的。她的生活因为孤独而独立,有独立的大房子和独立的没人打扰的时间,除了定时去超市购物,不需要跟任何人搅缠。没人会注意到她,也没人能看出这个面目淡定其貌不扬的黄皮肤女人,竟是来自于大洋彼岸一个经济沙皇的夫人——尽管那个中国的小城籍籍无名,但是她老公以猪头来计数的肉食品帝国,比中国很多城市的名气都大。

现在,她和孩子们已经成为了美国的一部

分。一方面,她盼望金玉玺过来看他们,另一方面,却又怕他常常过来,他会成为她的负担,成为她承担不了的一个责任。过去她认为两人之间的疏离是长期不在一起造成的,但是真正在一起的时候,她却觉得更加陌生。她受不了在美国分寸下他粗枝大叶的行为,不能忍受他长途跋涉后的呼噜,两个人甚至连亲热一次都很别扭。但是她又要殚精竭虑地维护他的尊严,每次金玉玺到美国来,她都会用她所理解的美国方式包装他,害怕孩子们看不起自己的父亲。所以她总是紧张着,处处察言观色,既担心孩子们嫌弃,又担心丈夫不如意。更令人纠结的是,她感到了丈夫努力时她的尴尬和心痛——他是个军人,什么都可以自己解决。每次吃完饭后把自己面前的东西收拾得干干净净,自己擦皮鞋,把看过的华文报纸叠成面包般的小方块,放进分类垃圾袋,亲自送到很远的垃圾桶里。

　　孩子们对自己的父亲既客气又疏离,美国教育已经让他们忘记了中国式的亲热。他们终究像父亲担心的那样,成为他不愿他们成为的彻彻底底的美国小孩。他们冷静而礼貌地招呼他,打着夸张的手势,当着他的面亲吻妈妈。金玉玺仿佛是个从天而降的客人,他爱他们,但他已经融入不了他们飞速改变的生活,常常陷于进退维谷的尴尬境地。他不想在他们的生活边缘看着他们的脸色过日子,他也知道有些东西怎么都挽留不住,甚至越是触碰就越容易破碎。但他就是不甘心,不甘心。

有时候他远远看着这几个孩子,心里恍惚得要命,仿佛觉得他们不是自己的。而当他在心里认定他们就是自己的孩子时,不是得到了安慰,而是更加纠结。他因为他们不再依赖他而忧伤,他想起他们刚会走路时磕磕绊绊让他不敢丢手时的日子,禁不住眼里热热的。给他们汇款的时候,他总是让我再给孩子们发一封电子邮件,父亲的拳拳深情溢于言表——吾儿:……父亲留给你们的最大财产仅仅是做人做事的经验和原则。做一个诚实善良的人,一个被社会需要的人——他给他们讲一些做人做事的大道理，尽管他知道这些道理根本不被他们理会。

有时候，他会跟自己的妻子数叨这些忧虑，而女人心里存不住话，又说给孩子们，这使得潜藏的东西更加表面化。孩子们抢白母亲道，他凭什么就得望子成龙，我们凭什么就得孝顺？是为了让我们还债吗？我们不是他的雇员，不能因为他拿钱养活我们，我们就得按照他喜欢的方式生活！有一次，因为当地一个官员的经济问题，有关部门调查到他。从检察院出来他就直奔机场，借故到美国去看病，在那里停留了一个多月以躲避这件事。因为这件意外之事，他觉得有足够的时间和理由跟两个儿子长谈一次，但又不知道从何说起。他觉得他的孩子们很难理解其中的艰涩，危险大得可以吞噬一切，可他们不会懂得。孩子们小的时候他教导他们不要摸电，就是这样的心情，就是这样的情景——电就在那里潜伏着，你不被电击到就永远不知道它有多厉害。

他讲了这件事的来龙去脉，然后开门见山

地对两个儿子说：其实每个人都很脆弱，再强大的人，也不能保证每次都能扛住意外，看到孩子们的迷惑，他又补充道：谁也不知道将来会发生什么，包括我，也包括你们。所以你们得处处小心，多为将来考虑。

您说这，是什么意思？小儿子不屑地说，爸，我们现在是美国公民了，只要不想要意外，就不会有意外——他打了个响指，我们只相信法律，不相信意外！

他被儿子呛个正着，一时间不知道怎么驳斥他。他像任何一个拥有权力的人一样，在外面越强大，在孩子们面前就越虚弱。孩子们对此的感觉正相反，他越是威力无比，他们越是喜欢挫败他，孩子们用藐视权力的方式来享受他给予的权力。

这也正是他痛苦的幸福。

大儿子看着他下不了台，竟然又附和道：爸，您不能用威胁的语气跟自己的儿子谈话，在美国，这是一种软暴力。

威胁？这是威胁？莫非我们对可能的危险

可以视而不见？他有点伤感，或者愤怒，或者失落，或者悲哀，但不是绝望。看着孩子们对待他的忠告像对待他的礼物一样——漫不经心地接过去，平淡地撕开然后扔在一边——而无所适从。他想忘记他们那没心没肺的神情，他再也没跟他们交流过有关工作的一切，但这并不意味着他已经放下了。他还没到不把孩子当成自己责任的年纪，而且一直也找不到那种感觉。他因此觉得，越是成功，越无从体验自己的成功。

三

现在我的工作就是围着金玉玺转，接收每天各个公司的经营报告和经过剪裁的企业简报，夹在天蓝色文件夹里送给他。每天下午三点半准时给他炖一盅虫草燕窝。

那天我去市内做头发耽搁太久了，回来得有点晚，同事说已经有人把材料送给董事长了。看完材料他去了市里，走时也没交待什么。

我转到毓秀的办公室找她，秘书们告诉我毓秀去原料分厂了。她的工作跟具体业务无关，有什么必要去那里呢？我好像听人说起过，她的弟弟是原料分厂厂长，但我从来没见过他。也许开会的时候碰到过，但是相互不认识也不知道是哪个，据说这个人在毓秀的严管下相当低调。

我已经有半个多月没跟她好好聊过了，今天得闲，无论如何得跟她见一面。我在办公室坐下来，喝了一杯柠檬水，她还是没有回来，打电话她关机了。我想我得去车间找找她，在我们之间，肯定滋生了某些误会，她这段时间好像故意躲着我。我能感觉得到。

去原料分厂要先经过分割、成品等好几个部门，走一趟下来跟逛一趟大街差不多。穿过生产厂区，我看到高大的架子上挂着猪胴体，洗得雪白。一眼望不到边的流水线上，工人们在忙碌地作业。他们穿着淡蓝色的工装，每个人被包裹得只露出眼睛，分不清谁是男的谁是女的,更看不清他们的表情。全封闭的车间,把现代化的流水线与天地隔开,除了面对面前的动物尸体,看到自己所应该切割下的那一部分,几乎什么都看不见,彼此之间也不能聊天。想一想,在这样的环境下生活半辈子会是什么滋味!我禁不住想起我与金玉玺的争论,到底是谁养活了谁?我还记得金玉玺给新员工讲话时说的那句话:今天我把刀把子交给你们,也就是把咱们金帝的命运交给你们。刀子在你们手里,如果一刀捅下去捅错了,那就是我的心脏!

原料分厂的活儿是这个企业最脏最累的,充斥着一股只有常年没被清洗的浴室才有的那股怪味儿。在这里工作的大部分都是女工,她们不用穿防护服,三三两两地走来走去。我想,他们知道我是谁,每次我陪董事长过来,她们都低着头,看都不敢看我们一眼。现在这些女工们看到我也很安静,低头做自己的事情。我心里涌上来一种类似悲悯的情感,但也有点庆幸。她们像一群候鸟一样,结伴去一个陌生的地方打工，省吃俭用，年底把省下来的血汗钱寄给家里人。若不是我当初考上大学，一定也会夹裹在这些人中间，成为她们中间只有工号而没有名字的一个。她们也曾经像我一样努力过，拼搏过，只是在最后那几张纸上没有拼过我，因而我成为劳心者而她们成为劳力者。

我知道，在她们中间有很多人既聪慧又坚韧，她们走过很多地方，有着丰富的社会阅历，头脑里塞满了关于情欲、打胎和被包养的种种故事，关于乌鸡变凤凰的神话个个都耳熟能详。在我面前她们显得极不自信也不自然，因为我和老板的关系让她们无所适从。也许她们根本不在乎我，甚至我的名字她们都不想知道，她们在乎的是我背后的那个人，因为他掌握着她们在金帝的命运——工种、阶级和收入。不过说实话，虽然金帝的管理堪称严厉，但金玉玺对待工人是很宽厚的。企业通过工会安排可以使最基层的员工因为有意见、建议或者自己克服不了的困难，直接见到董事长。听毓秀讲，有一个女工，孩子患白血病，金玉玺包了全部的治疗费用，四十多万。在金帝的王国里，金玉玺就是货真价实的皇帝，而且，在工人眼里是一个好皇帝。

但是在她们面前我从来找不到优越感，有的只是一种如履薄冰的紧迫感。除了有一张砸着钢印的毕业证书，我和她们之间并无太大差别。我看到一张我熟悉的面孔，她曾经因为父母出车祸双双身亡找过董事长，接见是我安排的。看到我，她下意识地丢下手中的活站起来，不知道该怎样和我打招呼。我告诉她我找毓秀。她朝一间办公室指了指，把我领到门前，羞涩地笑了笑就离开了。

我敲开门，看见毓秀正拿着一份材料，神情紧张地跟一个年轻人说着什么。看见我站在门口，毓秀下意识地把那份材料藏到身后，脸色腾的一下红到了耳根。

我站在门口，搞不清楚该走还是该留。

毓秀很快镇定下来，把我喊进去。她指着那个年轻人说是她弟弟。弟弟看了我一眼，很快把目光转向旁边。他长得比毓秀还秀气,白净的面孔,一头浓黑的头发,看起来非常健康帅气。

毓秀叹了一口气,让我坐下来。屋子里只有两把凳子,弟弟赶紧站起来让给我坐,他斜倚在桌子上,眼睛轮番瞪着我们两个。

不知道是不通风还是太紧张了,屋子里闷得让人透不过气来。我想站起来打开窗户,毓秀摆摆手,又长长地叹了口气。沉默让我心里有一种不祥之兆,她肯定有一件难以启齿的事情要跟我说,便说:毓秀姐,有什么事儿吗?

毓秀说:你知道今天材料为什么这么早送给董事长吗?

为什么?

出大事了!毓秀扭头看了看弟弟,伸手把我的手捉住,用两只手握着,要说这事儿不该麻烦你,我知道这对你来说非常危险,也不公平。可是我实在走投无路了,妹子!这还是毓秀第一次称呼我妹子,这是北方人亲热的表示,她是个严肃的人,在公司是不会这样随便称呼哪个的。

毓秀姐，我是个知道好歹的人。有什么需要我做的，您尽管吩咐！

是啊！我当初就是本着你的人品，才这么重用你。而且这事儿一出来，我首先就想到了你。你不找我，我马上也要去找你。她说着，把那份材料递我手里，没等我看，又把我的手握在她手心里。我能感觉到她的紧张不安，她的手心湿凉湿凉的，像一片沼泽。今天遇到这个事儿，说大也大，说小也小。这个大小主要是看下一步怎么发展——

跟企业有关吗？您让我知道这事儿合适吗？我问。

除了你，没有更合适的人了！她把我的手松开，两手抚摸着自己的膝盖，我们进的原料里，有一批把关不严，一部分猪喂了瘦肉精，被一家小报记者抓住把柄了。她皱着眉头，好像后怕似的摇着头，不幸中的万幸是，我们及时发现，把这个记者留下来了，不然，捅出去指不定全世界都得知道，这个企业就砸了……

她还没说完,弟弟突然间走过来,扑通一声朝我跪下来。我吓了一跳,伸手想去拉他,心里却别扭得像吞了一条虫子。

姐,我求求您了,如果您不帮我,我们全家都完了!他帅气的脸挤成一团,惨不忍睹,一点男人味都没有了。我求援似的看着毓秀。毓秀也被这一幕惊了一下,她看看我,又看看弟弟,突然低声呵斥道:起来!自家姊妹,哪有你跪的人?

我能看出她的恼羞,也许她也会看出我的尴尬。她醒悟到这话说得有点不妥,所以又赶紧重复道:都是自家姐妹,何必这么不着调?

我理解她的心情,在我们的关系中,她并不需要求我,我也明白自己的位置。但我的心一下子乱了,理不出一点头绪来,只是暗暗鼓足勇气一定设法帮助他们,但我不知道该怎么说。她慢慢镇静下来,摆出平时那副不远不近的样子盯着我。

我问她我该怎么做?

她淡淡地望着门口交待我道，估计明天董事长会先征求一下领导核心成员的意见。因为这事跟我有关，所以我不好说话，有些话只能你来说。我们一个扮黑脸，一个扮红脸。

黑脸？红脸？

我只管说狠话，怎么狠怎么说，请求他以企业利益为重，对责任人绝不姑息迁就，该杀该剐不能手软。她的表情又温柔起来，重新握住我的手，用拇指轻轻地摩挲着，你只管说软话，怎么软怎么说，就说企业如果不保护犯错的员工，就不会有人死心塌地地干工作了。你也知道我是跟着他一路闯过来的，他不会不留一点情面，相信我们两个能够把他拿下！

"拿下"这个词让我不寒而栗，真想不到企业里也有政治。

但我更多的是想起毓秀的好，虽然不是她让我拥有今天，但她起了很重要的作用，而且她在金玉玺跟前的分量不是一般人可以比量的。生产经营中的一些重大决策，我都参与不了，但是毓秀可以。我明显能够感觉出来，即使我与金玉玺有床笫之欢，也远远没超越他与毓秀的关系。

到这个企业这么久，我对毓秀的感情很复杂。我觉得她一眼就能把我看透，可我从来没有真正了解过她。这个相貌端正、长着大额头高颧骨的女人，声音温柔而坚定，做什么事都是有板有眼不疾不徐。虽然我住进金玉玺的家中以后，我们之间的接触越来越少，我们之间的很多事估计她也很清楚。但非常奇怪的是，她在我面前说起金玉玺的太太，好像跟我无关似的。也许她是用这种方式卸下我心里的负担吧！

女人的坚强都是装出来的，她不止一次跟我说起李梅，每一次打电话，我都不忍心放下，她的话总是说不完，我也知道很多东西她也不能跟我说。有时候说着说着除了哭，就找不到话了。我劝她回来吧，她又舍不得孩子那边。我只能告诉她，董事长在这里一切皆好，请她放心。

毓秀这样说的时候，我能体会到她的善

良和良苦用心。跟我说这些,她并不是为了李梅,而是为了我。她说是让李梅放心,其实不就是让我放心吗?金玉玺从不跟我说这些事儿,毓秀和李梅之间的关系,都是她一点一滴告诉我的。她们是真正的闺蜜,她们一起在Z城长大,从少女时期就在一起玩耍,坦荡无余地面对。青春相伴成长,乳房鼓胀出花蕾一样的花苞,不敢让母亲知道,悄悄躲在家里关紧窗帘的黑房子里相互抚摸。那种让汗毛竖起的感觉震撼着身体和心灵,也让她们的友谊更加坚固和决绝。

后来,李梅嫁了,嫁给了金玉玺。刚开始李梅并不中意,虽然那时候金玉玺已经是一厂之长了,但他没文凭,企业也不景气,论身份连个普通的公务员都赶不上。毓秀规劝她说:你是个缺少心机的女人,你缺的不是饭碗,而是一个不需要争取、专一为你量身定制的舞台。李梅说:他能给我什么舞台,你怎么不嫁给他?毓秀说:我知道金玉玺要的是什么样的女人,我也清楚自己的心有多大,可以装多少东西。

那时的毓秀，是心高气傲的。

其实那时的李梅，已经二十八岁了，虽然心有不甘，但再等下去未必有更好的结果。相处一段时间之后，她才发现金玉玺既是一块真金，也是一块纯玉，有气度，有眼界，也有办法。他对女人温和体贴，对建立家庭有强烈的渴望。于是，李梅就嫁了。金玉玺让李梅意外地拥有了女人期待的一切，而且是越过越满足。而毓秀的婚姻则一拖再拖，曾经看好的一个男人临到结婚时变了卦，撇下她只身去了南方，让临危不惧的她一时乱了手脚。婚姻走入艰难，高不成低不就。

当然没有人知道，她私底下几乎拿每一个男人和金玉玺比，竟然越比较越觉得不合心意。

末了，毓秀嫁了一个比她大十岁的小城官员。她那时并不明白，他娶她并非爱惜她的智慧和才学，他只是需要另一个老婆来照顾他们父女的生活。他的前妻是患肠癌死的，娶毓秀的时候他的女儿已经是豆蔻年华,可劲儿地花枝招展,把个毓秀比得更像一个后娘了。毓秀的容貌气质都还是出众的,三十几岁也算不上老,是她自己的心气儿提得太高,反而显得刻薄了。无论如何,这个千挑万选得来的男人,职业和长相都是体面的,酒席那天,他和金玉玺坐在一起很是旗鼓相当。毓秀喝了许多酒,醉了,她觉得单论容貌气度,丈夫甚至比金玉玺都要更好。

做了后娘,才懂得日子的绝望。那继女长得冰清玉洁,性格却是刁蛮无度,把毓秀折磨得死去活来。毓秀咬着牙,从来不跟外人说,只有默默地忍着。后来还是李梅看出端倪来,让金玉玺帮忙把继女送到国外,毓秀才松了一口气。

但这口气没松多久,心又给提起来了。丈夫想要毓秀给他生一个儿子。其实生个一儿半女也是毓秀的心思,她明白,不生孩子,自己在丈夫心中永远都是一个外人。可事与愿违,两个人不管怎样努力,总是怀不上。

这事儿明摆着,丈夫没毛病,他已经当了十几年爹了。这是毓秀的问题,检查做了无数次,也没查出个子丑寅卯,于是只好去找中医。吃中药吃得肚皮都是绿的,却始终怀不上。丈夫喝了酒,不是在床上撒欢,就是在床下撒野,弄得她挨住他就发抖。他的身体越发的好,她的身体越发的差。再后来,除了给国外的女儿寄钱的时候回来找她说几句亲热的话,他几乎很少进家了。

毓秀,这等精明尊贵的女人,Z城一等一的人物,她的婚姻生活是彻底失败了的,想想也是自己理亏,她已经五十多岁,今生今世只能做一棵只开花不结果的哑树了。她羡慕李梅,甚至有点恨她。

跟毓秀分手时已经到了下班时间。我直接回去,却发现金玉玺在家里坐着。他看起来相当疲惫,而且脸上现出少有的严肃。吃饭的时候他开了一瓶红酒,也没让我,自己一杯接一杯地喝。我低着头默默地吃着,既不看他也不跟他说话。饭吃到一半,他突然拿着酒瓶和杯子回了卧室。又过了好大一会儿，我觉得不对劲，起身跟了过去。

他把李梅的照片挪回了原来的位置，朝向屋子正中间，露出她那扁平的、缺乏生气的脸。金玉玺站在夫人像前，手里轻轻转动着酒杯，我走过去靠着他，他动都没动一下。

出什么事儿了？

没事。他的话听起来像一块木头。

不能跟我分享吗？

他把杯子放在窗台上，扭头看着我，脸红得像得了过敏症，眼睛更红，露出吓人的凶光，平日的淡定了无踪影：今天厂里发生一起事故，不是发现得早，我已经跳楼了！

什么事儿这么严重呢？像我们这么大的企业，活下来不容易，死掉也难啊。我故作轻松地说，既是安慰他，也是为下一步的计划埋下伏笔，小船可能碰一下就碎，像泰坦尼克号，即使撞上冰山，也能坚持两三个小时呢！

哪是你说的那么简单？他一只手压在我肩膀上，我的身子倾斜了。他朝我笑了一下，可那笑比哭还可怕，咱们这是食品企业，做的是人吃的东西，只有一次活的机会。否则的话，消费者不把你踹死是不会罢休的！

我正思忖着怎么接他的话茬，他突然走到窗前，望着窗外那两棵木瓜树，长叹一口气说：如果仅仅是这个企业垮了，我也不至于这么伤心，大不了我们从头再来。可是，你知道是谁出卖了这个企业吗？

谁啊？我显得还是很平淡，想稀释一下紧张气氛。我感觉他的情绪在慢慢起爆。

毓秀！李毓秀！他一拳砸在窗台上，那只猫叫了一声，跳下窗台，虎视眈眈地盯着我们俩。

出卖还不至于吧？即使毓秀姐做错了什么，也可能是出于疏忽而不会是故意。我了解她的人品。

你了解？你才来几天？什么叫疏忽？自从我让她弟弟当了分厂厂长，他们一直在干这个，只是没被人发现！

可是，毓秀姐对你，对你的……夫人，都

是忠心耿耿。她也不容易,我相信你会有妥善的处理办法,总不至于为了这点子事儿跟她太过不去吧?

哦!他扭过头吃惊地看着我,好像不认识我似的,盯了有一分钟的时间,原来我就告诉过你,口口声声喊道德的人,看看他们的道德在哪里?现在这话我要拿来问你了,你的道德呢?他突然像一只要扑过来把我啄食掉的秃鹫,拿手点着我的脑门,下午你去哪里了?

我跟你请假去做头发了。

回来之后呢,又去了哪里?

……

你跟李毓秀在一起,是不是?

我下意识地摇了摇头。

说谎!说谎啊!他突然掐住我的脖子,另一只手里的红酒泼了我一脸一身。

我用力甩开他,愤怒使我再也控制不住自己了,气得浑身发抖,是怎么样?不是又如何?莫非你还盯我的梢吗?难道人人都得跟你一样,成为一个冷血动物?你不要老婆,不要孩子，不要朋友，也不要爱情。你不相信任何人，你眼里除了你的企业、你的钱，还有什么？

他一下愣住了，吃惊地看着我。刚才发那一通脾气，把他累得满头大汗，脸上豆大的汗珠往下滴。我觉得那一刻他是如此虚弱，好像是纸糊的，一根指头就可以把他捅破。我看着他退后几步，无力地靠着床头坐下去，像一尊被水浸泡过的泥菩萨。本来我想去拿条毛巾给他，可是我故意赌气，倔强地站在那里一动不动。

快拿速效救心丸，快！他一只手无力地捂着胸口，一只手胡乱地指着。我赶紧把床头柜上的药拿过来，倒出一粒送他嘴里，端了一杯水给他。喝完水之后，我试图让他躺下，他没动。

博士，今后你还有很长的路要走，我感觉到他在努力平复自己的呼吸，深深地吸着气，有两句话你要记住。第一，凡是绊倒人的都不是大物件，而是碎砖头瓦渣。咱们这么大的企业，几十亿的亏损都不在话下，而一个小小的质量问题就会要命。第二，朋友不是用来出卖的，他重重地看着我，但眼神好像在很远的地方，七九年，我去过越南战场，是侦察兵。我的战友大部分都是四川人，这也是我特别喜欢四川的原因。我们那个班，是全军侦察兵从越南活着回来最多的。如果我们队伍里有人耍奸使滑，有个李毓秀，或者有个你，你想想能有活着回来的吗？

他还没说完，我就已经泪流满面了。流泪的原因很复杂，不仅仅是愧悔——我觉得对于我刚刚开始的人生有些非常重要但又容易失去的东西正在迅速流失。看着他虚弱痛苦的样子，我心如刀绞，很想把与毓秀商量的一切和盘托出，但是我不能说，否则，又将是一场出卖。

收拾一下你的东西，还搬回你原来住的地方去吧！他用商量的口气跟我说，但一点商量的意思都没有。说罢他仰身倒下，连鞋都没脱。他的这个决定虽然出乎我的意料，但也尽在情理之中，毕竟他是金玉玺。我没有伤感，更没有愤怒，我知道这一天早晚会来的。

我走过去，扒掉他的鞋子，把他的腿放平。

走就走，等他的火气下去，他会召唤我回来的。

我的东西本来就不多，一只小箱子就装完了。我常常把新添置的穿不着的衣物都放回小屋子里去，是潜意识给自己留了后路吗？提着箱子下楼的时候，心里还是窝着一堆东西，堵得慌，但我尽量不去搭理它。我找到院里管事的老张，告诉他抓紧时间通知医生过来。他也没问我什么，看着我拖着箱子走出了院子。

第二天，我没去上班，倒在床上像条软体的腔肠动物一样，什么也不想，饭都懒得吃。那时我觉得，人生没有最糟，只有更糟——只是一堆你想要的永远得不到，你拒绝的反而会络绎不绝出现的麻烦的集合体。

第三天，他仍然没有让人找我回去，下班

前厂办通知我，如果超过三天不请假，将作为自动离职处理。那是我第一次以陌生的方式，强迫自己听从了别人的命令。

到了单位我才听说毓秀被解职了，她的弟弟已经被移交给司法部门等待处理。公安局大张旗鼓地来车间抓人。办公室的人问我，电视报纸上炒得沸沸扬扬，都在说金帝集团主动清除内鬼这件事，你一点都不知道？不知道，一点都不知道！而且，现在知道了一点也不奇怪，这才是金玉玺的风格。面对这些消息，我觉得自己比想象的要坚强得多。虽然有想哭的感觉，但是我没有哭。

没人会相信眼泪。

我还是原来那份工作，给他送材料，煮羹。但是，这样的日子很快就要结束了，真想不到还有那么多的变故在前方等着我。生活就像一辆你随便挤上的夜行快车，不知道会把你带到了什么地方，也不知道下一站在哪里。你既不能让它停下来，也不能中途下车。

四

再见到毓秀,已经是半个月之后了。那天我去厂区后面的超市买东西出来,听到有人喊我的名字,扭头一看,原来是她。她穿着精致的品牌服饰,亮闪闪地坐在一个熟食摊位后面。我以为她在吃饭,便走过去问她:毓秀姐,你怎么在这种地方吃东西?

哼!有口饭吃就不错了,还得拣地方?她迎着我,一副嘲弄的腔调,我听着心里特别不舒服。这是我弟媳新租赁的摊位,我呢,好歹在这奉献了几十年了,脸熟,帮她拉拉顾客。你们厂里的规矩你又不是不知道,只要出点事儿,连房子都要收走。

她咬了咬牙,想要收我的房子,那我就在这扎根。

听她这样说,我心里不禁一阵痛。她在公司一直拿高薪,在这个小城市里她应该算是个贵族了,完全没必要这样做。她感到我的疑感，又说道：我就天天坐在这里，让董事长看看，你们走着瞧吧！她两次故意把"咱们"说成"你们"，更让我觉得疼痛都在明处，但也不知道怎么安慰她，只好说：毓秀姐，你是有能力重新拼出新天地的人，我相信这种处理对你来说算不了什么。有需要我帮忙的地方，您尽管吩咐！

我能有什么？只要你好就行了，只是——她扭头看看周围没人，脸子突然变得刻毒，你不该给他说那些！

给谁？说哪些？我惊得简直如五雷轰顶。

说哪些你心里会不清楚？！她撇下我，扭头又回到了摊位后面。我呆呆地站在那里，走也不是，留也不是。她却再也不抬头看我。我走过去，喊一声：毓秀姐——

赶紧走你的吧！她眼皮都没抬，一脸的厌恶，谁的好日子都会有尽头！

这话让我如坠五里云雾，那时候我还不知道李梅就要回来了。

今年的春天短得很，好像才从冬天钻出来，突然就是夏天了。大路两侧的桃花都败了，树上长满了青嫩的小毛桃，一团一团的绒毛儿从天空吹下来，朝你的眼睛鼻子里乱钻，让人心烦意乱。

更让人焦虑的是李梅要回来这个消息。这事儿也没人告诉我，好像是从地下长出来的，一下子全厂区都知道了。唉，这个漫天飞絮的北方小城，到处是破败和浮尘。想想现在的美国，那是什么景象！满眼没有不洁之物，满心没有不洁之事，她为什么要回来？

每次我走到金玉玺跟前，想着关于李梅的事儿他会告诉我点什么。可他相当平静，也相当平淡，我的进进出出之于他不过是每天必须的一道工序而已。

我看着他，满心的委屈和悲凉，但没有怨怼。这个高大的北方男人，也许不够帅，但因气势而增添的风度，让他有着说不尽的魅力。他戒烟限酒，不赌不嫖，身上也没有怪味儿，几乎是个没有缺点的男人。我知道他的好，深信他还会让我回来，回到我与他无数次恩爱的床上，重叙旧情。每次在他身边，我都渴望他过来揽住我，告诉我说我们两个都是好人，好人与好人应该相爱。让好人都相爱吧！我在心里祈祷着。

　　他患了感冒，在家里休息。按照规定，我必须按时把材料送过去。我走进去的时候，看他坐在电脑前一副无所事事的样子，便直接问他：李梅要回来了吗？他的头没动，只是眼睛转过来看着我，嘴唇固执地闭着，没有回答。他的这种冷漠也让我爱，我爱上他有多久了？为什么越是离开他，我越是感受到爱得如许深？他已经五十多岁，快赶上我父亲的年龄了。可我的父亲是一个失败者，他早在生活结束之前先就击败了自己。他弯腰驼背，眼神飘忽不定，头发像一堆枯萎的野草。在他身上我从未感受到关于男人的一切。从我记事起，他就往我身上压担子，他需要这个柔弱的女儿来完成他作为一个男人的野心和梦想。我的父亲，他是多么卑微和下作啊！从我上大学起，他就开始计算将来我做什么工作,能赚多少钱,用我的未来可以给他挽回多少面子。可这个男人不是,他是我人生真正的导师,从里到外改造了我。他说的没错,因为与他上床,我使自己迅速升级和扩容。委屈的时候,我觉得我只是他妻子的替代品。可是我错了,我觉得他也爱我,他浸润我包容我,使我成为他生活的一部分。现在,他对我的冷漠,不是因为恨,而是因为爱,是对我的拯救,我应该看清楚这一点。

即使让我永远离开你,你也应该告诉我,你爱过我吗?我开始哭泣,泪如雨下。你爱过我吗,你是不是一直盼着你妻子回来,而我只是你拿来要挟她回来的一个砝码?

他的眼睛盯在我送来的材料上,一句话都不说。我知道他想回避我的问题。于是,我又执拗地问了一句:你爱过我吗?

博士,他终于开口了,这些,不过是一句话而已。

谢谢您,竟然没说"这些东西",但我心里的委屈更甚了。对于我来说,这是无用之用。

我只希望听到你一句话！难道连这个我都不能得到吗？

博士，他把看过的材料递给我，你马上把这个材料给所有厂领导班子成员复印一份。另外，我们与意大利公司的合作已经快签字了，我希望到时把你派过去。

我心里且惊且惧，一阵冰凉刺透我。肯定他做任何事都事先准备好了退路。他在战场上全身而退，在商场上所向披靡，怎么会在情场上折戟沉沙？对待我这样一个外强中干的弱女子，他可以不费吹灰之力，解决得干净利索，完全不留痕迹，如果他想这么做的话。我的存在必须因他妻子回来而抹去，也许这个开始即错的方向和结局，只是我没看到或者不愿意承认。

我不去！她不回来你为什么不送我出去？她回来了我就得消失，这就是你的道德？

抓紧把材料传出去吧！

我没动，屋子里静得像一座空坟。听见屋子外面的鸟叫，我走到窗前想推开窗户，刚刚把手伸过去，听见窗台后面呜地叫了一声。原来是那只花猫独自卧在窗台上。我们互相对视着，好像都明白对方想些什么，我举起手做出要打它的样子。它站起来，跟我对峙了一会儿，懒洋洋地抖了抖身子，跳下窗台转身而去。在这儿生活这么久，我们从来没有走近过，也从来没有试图和解过。我往窗外张望着，看见一群麻雀在木瓜树上飞飞落落。两棵巨大的木瓜树已经结满了果子，每只果子都被人细心地用棉纱纸袋包起来。他妻子果真要回来了！这里所有的一切都是他妻子的。

我应该明白，这个普通的北方小城，这个他一砖一瓦创建起的王国，这里是他的家、他的根，无论他喜欢不喜欢他都得待下去，直到最后把自己葬在这里。我只是一次漂泊，一个可以随手丢开的俄罗斯方块游戏，我连她的一棵树都赶不上。

我的悲哀在想象里变成了愤怒，我看见自己操起一根杆子朝院子里冲过去。我挥舞长杆，对着那两棵木瓜树狂风乱舞。那棵可怜的树，被我的疯狂弄得枝叶纷披，尸横遍地。可是，这只能是我的想象，我站在那里，根本就动不了。我知道，即使我把那些树连根拔起，也不能清除它们，因为树就在他们心里种着，我越伤害，它的根子扎得就越深。

最终，我还是得回到我那间充满厕所味的小屋里去。破败、肮脏的小屋，到处都是浮尘，一天擦一百遍都没用，连床单上都是土腥味儿。我回想当初拿到钥匙的兴奋，恍若隔世。现在看着冰冷的墙壁和简陋的几件家具，觉得再也不能忍受它了。

我无论如何也想象不出来，他会这样毫不犹豫地将我从他的生活中彻底清除。但我又不断安慰自己，对于这个从不按常理出牌的人来说，有什么事是不可能发生的呢？看看他是怎么对待李毓秀的吧！也许他的没有成规就是他的成规，说不出来的原则就是他的原则。他自己制定法律，自己裁决和执行。他掌管着开关这个世界的钥匙。开。关。开。关。——是把玩，也是事业。

五

在最近一次的人事调整中,我的工作从文字秘书调整到企管秘书,办公室也从三楼搬到了二楼——造化弄人,我的办公室恰恰与卫生间对门。那种无孔不入的怪味儿让我从某种形式上回归过去的生活了。

这份新工作虽然比过去忙,但也比过去轻松,除非是企业发展的重大问题需要整个秘书班子参加,否则我根本没有跟金玉玺见面的机会。我负责收集世界各地企业管理的成功经验和发展信息,结合我们企业的实际,整理成一个综合材料报给文字秘书,再由他审定后决定是不是交给董事长。这活儿原来是我干的,所以知道他需要什么,因此干起来得心应手。

接替毓秀办公室主任之职的是一个从市政府退下来的副秘书长,据说跟董事长是发小。他对我还算客气。他是个老实人,但是心中有数,把政府那一套搬到企业里来,使办公室的工作很有层次感，但也更沉闷了。过来后不久，他就跟我们几个秘书分别谈话，只让对他的工作提意见和建议，不能恭维他。我斟酌半天，提的意见是，像这样按部就班，可能会消磨年轻人的锐气。他笑着说，你要是这里的董事长，是要平稳发展呢，还是要天天面对下面的锐气？这话问的，怎么这么熟悉？我想起金玉玺关于床上床下的理论，禁不住在心里苦笑。他说的没错儿，难道我不是压迫着把自己的锐气磨掉，才能一点一滴地面对现实并在这里生存下去吗？

　　我从早到晚坐在那里，仅仅是不让我的位子空着。窗外的景色越来越好了，树木花草茂密地长起来。厂区的外面有一条河，两岸被政府花大价钱做了硬化绿化，形成一个滨河公园。上班时间也能看到不停地有老人孩子在公园里进进出出。我对着那些景物发呆，若是当初我也按部就班，干上几年就可以在河边的小区买一套房子，把父母接过来住，让他们像本地人一样在公园里晃悠。不过，我的父亲可能受不了冬天的寒冷，他有老寒腿病，尤其是冬天很容易犯。在他们眼里，估计这里的冬天跟北大荒有一比。我的心中充满着忧伤，笃信他们跟我一样不喜欢这里。

是的，谁会喜欢这个令人诅咒的破败之地，它让我从眼睛到心灵都是灰暗一片。

尤其是此情此境。

我的工作是由李梅接手的，她负责打理金玉玺的活动安排。但她处事相当低调，虽然我搬到了楼下办公，但是相距并不远，我从来没见过她。据别人说，她也很少离开丈夫的办公室。在这个王国里，只要她自己愿意，哪个地方她不能耍耍威风呢？她是王后，完全可以颐指气使，为所欲为。可是她不，这就是她之所以成为李梅的原因吧！

我隔着办公室的窗户看到过她一次。那次是董事长不在家，厂办主任带着她去市里参加一个活动，她从二楼走廊走过。她脸上带着微笑，那微笑是美国式的，既有分寸又有质地的那种，看起来甚至有点谦卑。她不断地跟遇到的人微笑着点头打招呼,那些人估计她一个都不认识。她被棉质裙装严严实实地包裹着,领口和袖口都扣得一丝不苟。她皮肤白皙,瘦弱,但身材匀称,比我想象的要高一些,也比照片上好看多了。

有一次我去卫生间,出来的时候看她站在我办公室门口,还没想好该怎么和她打招呼,她却转身进了卫生间。她对我的态度到底是疏忽还是故意呢?她知道我多少?那一会儿我也不知道哪里来的勇气,决定等她出来。该来的终究会来,躲也躲不掉。我站在卫生间外面的走道里,等了很久她也没出来,莫非她看到我挑衅的姿态了?不管怎么样,我不会走开。过了好长一会儿,她终于出来了,走到我面前稍微迟疑了一下,既没微笑也没点头。我正在犹豫要不要喊住她,谁知她走了几步停住了,又转了回来。我挑衅地看着她,腰杆笔直,尽量让自己挺拔起来,这样就会比她高一些,居高临下。她的背已经微微佝偻了,脸上的细小皱纹里渗着微汗,身上一股淡淡的香水味儿。她

镇定地和我对视,微笑像汗水一样渗出来。她终于开口说话了,她说:

博士,你的照片不该这样处理,照这么好,怎么能把自己用塑料皮给套起来?她从口袋里掏出一个皮夹子,把我那张照片用两根指头夹出来,翻来覆去。塑料皮这样一套,看起来就是低档货,把照片里的人给糟蹋了!

我浑身的血液好像都凝固了。博士?照片?她究竟知道多少?是怎么知道的?我觉得金玉玺不至于像个饶舌的男人出卖我,绝对不会!我伸手去拿照片。她用三根指头一捏,照片打了个对折。她的指头翻转一下,又打了个对折,随手把它丢进卫生间门口的垃圾桶里,对我微笑一下,步步沉稳地走了去。

我好像被拦腰打了一棍,腰一下折了,再也挺拔不起来。此事过了很久,我还在心里嘲笑自己,跟美国人玩儿我还太嫩,那不是找死吗?凭什么呢,我?香港人喜欢把搞笑的事情说成是无厘头,我这不是真正的无厘头嘛!

时间漫长得无以复加,天明盼天黑,天黑

盼天明。我安定得每天都恨不得给自己打一针镇静剂。我开始理解为什么会有富豪住在豪华别墅里放弃山珍美味而选择吸毒，他们因期待别有洞天而异想天开。穷人恨富人做的许多事情，他们有理由愤怒，都是吃饱了撑的！

某一天，厂办主任带着一个大男孩过来，说是他的亲戚，在市工业局工作。这个男孩想参加处级干部公开选拔考试，让我帮助辅导一下丢了几年的功课。为此主任还请我吃了一顿大餐。这是我离开金玉玺之后，吃得最丰盛的一顿饭。

男孩长得很秀气，不像北方人。言谈中间问清楚了，他祖上是扬州的，做生意来到北方并在此地扎根。怪不得呢！我们都是南方人嘛！我说，那时候也计较不了这话有多轻佻了，喝了那么多酒，我好像挣脱了自己的躯壳，感觉到一身轻松，因此话也有点发飘。

男孩看着我笑，算是对我这话的认可。他看我时眼神很亮，带着一股南方的水气。北方男人不是这样，他们看人的眼光像烙铁，热，也毒，没有文化含量。慢慢地我跟男孩聊了起来，真正开启了话头，他很健谈。他跟你谈话的时候，就是在交谈，不像那些敷衍了事的人，所谓的交谈仅仅只是说话。

吃着喝着，大家都松弛了，男孩开始拿筷子给我布菜，那动作很像我久别的弟弟。我有一点酒醉的感动，好像是背井离乡多年之后，在一个热气腾腾的饭桌上突然遇到了自己的亲人。但是感动归感动，我始终用挑剔的目光掂量着他。跟我一样，他带着那种出身于卑微家庭、似乎对不幸早有准备，时时处处都谨小慎微的神情。与金玉玺的霸气比起来，他显得过于柔弱和稚嫩。

那天晚上我们都喝高了。主任安排男孩送我回宿舍，我们俩仄仄歪歪地走回去，在楼下不约而同地停下了。那晚有月亮，也有风，是一个好日子。我的目光有点歪斜，心情也是。反正是反正了！我在心里重复着这句莫名其妙的话，为自己还有这种邪恶的力量而暗暗兴奋。他不解地看着我，但也知道再往前走意味着什么。我没有让他继续试探，告诉他我一个人住，一直是，总是。他过来揽住我的腰，夜色和酒精很快就把我们两个人的感觉勾兑在一起。那晚他在我那里过夜，一直到第二天中午才离开。

　　回头再看我们的第一次，总有一种游戏的感觉。说是游戏不是因为不庄重，可能是太庄重了。太过火，太刻意，甚至到后来，一直到我们分手我也没有再找到那种煞有介事的感觉。他像只凶猛的小动物，这有点出乎我的意料。他告诉我他是第一次，我破了他的处子之身。这话说的，怎么听着都有点此地无银。但不管怎么说，也许他给我的感情是假的，但性却是真的。我迎合着他，在心里想象着金玉玺。金玉玺做爱时动作缓慢，从容不迫，一切尽在把握，虽然不过瘾但也不欠缺。这孩子虽然勇猛但也潦草，好像稍有不慎就会失去，他看我的眼神发亮，似乎他敬畏做爱这件事似的。

　　金玉玺，我狠狠地在心里喊着他的名字，我有这样火热的激情，我有紧绷而娇嫩的肌肤啊！

我有了男友，年轻的政府后备干部。我让他陪我住到厂子里。我特意给他买了一辆进口的摩托车让他每天从厂区穿过。出去吃饭的时候我就花枝招展地坐在后座上，有时候也坐前面。我们整箱购买红酒，我让他陪我喝。有时单位不加班，我会早早回来做一桌子川菜给他吃。我替他洗衣服，擦皮鞋，像一个真正的四川女孩那样死心塌地地伺候人。他好像受宠若惊，越来越依赖我。这个没有见过世面的孩子，难以抗拒我的诱惑，他很快向我求婚，似乎是真的动了心。我一直不肯答应他，甚至想都没想过这事儿。那时候，我只是想要有个人陪伴，一来是需要让认识我的人知道，二来是害怕一个人熬过漫长贫乏的日子。

这个叫李庆余的男孩生活处境和我差不多，大学毕业后考上了公务员。他已经工作七年了，从股级干部升至科级。跟我求婚的时候他告诉我，他和我一样是穷人家的孩子，他的工资只是我的十分之一。我告诉他，做公务员我不喜欢，没意思。我想让他调到我们企业来。他却认真地对我说，这是他出人头地的唯一出路。

"出人头地"，这话从他嘴里说出来，我觉得甚是悲壮。我有点可怜他。可他野心勃勃，内心的力量要挣脱软弱的外表。迟早有一天我会成为一方主宰。他喝大了会这样对我说。他还说，他能给我带来好日子，老婆你等着吧，未来是属于我们的。他大着舌头说。要求我称呼他亲爱的，并强调，这样洋气。我醉眼迷离地看着他，心中一百种的哀怜，未来是什么样子？主宰又是什么意思？

主宰？像金玉玺这样的暴发户，也应该算是吧！

老天爷！他竟然看不起金玉玺到这种程度，我只当是醉话听了。可是那天，他在我们完事后愤愤地说：金玉玺除了能挣钱，他还能干什么？如果我也是这种庸俗的追求，不会比他干得差！当时我被他的豪言壮语弄出一身冷汗，翻身坐起来看着他。这话他是怎么说出口的？

难道他丝毫未察觉我和金玉玺的关系吗？所以对他这话，我真不知道是该庆幸还是悲哀。我又想，凭他与主任的关系，他不可能不知道。那么，他是真的爱上我还是拿我的资历和阅历来平衡他的人生？在Z城，我已经不敢信任任何人了。

其实我慢慢看出来，他跟我刚开始时一样，仅仅站在生活边上，被某种外力稍一推动，就找到了好风凭借力送我上青云的那种豪气，一切都是那么轻而易举。他还没被真正地磨砺，他不知道生活这种东西有多古怪：有些人的生活不管怎么开始或者在哪里开始，都顺风顺水；而有些人的生活则别扭得像走错了房间，越是着急越找不到出口，那是一种根本无法生活的生活。

从一开始我就打定主意，要在厂区渲染我和一个小帅哥的绯闻。我们常常结伴而行，在市里纵情玩闹夜半而归。我们开着窗子做爱，我要把男欢女爱的声音传出去，传到金玉玺的耳朵里、心里。我要让金玉玺寝食不安，毕竟我们在一起同床共枕那么久，我死都不相信他对我没有一点感情，一日夫妻百日恩啊！

我从来不躲避厂里人怪异的目光。我知道，当我跟金玉玺好的时候，他们会羡慕嫉妒恨，现在他们会把那种情绪转化成幸灾乐祸，私下里他们会把我骂得像婊子一样不堪。可我不怕，我豁出去了，当我和他们对视时，他们反倒羞怯地躲开了。在这个年轻的工业城里，男人和女人的故事层出不穷，自生自灭。可我和他们不一样，我是金玉玺的女人，他们会因为嫉妒我而放大我的一切作为。他们想些什么，我心如明镜。他们在等着看一出大戏，等待看金玉玺会给我一个什么样的结局，这样的兴奋已经远远地溢出了他们的生活之外。他们不会明白，我跟他们一样兴奋。

可是事情发展的过程却悄悄改变了方向。本来我希望用李庆余垫背，但是时间久了，我觉得他并不是一个不可以的选择。虽然他虚荣，但是他善良；虽然他大而无当，但是他目标坚定。如果我们比翼齐飞，相信我会把他锤炼成一个好男人。

但是，那天与金玉玺的偶遇，让我彻底打碎了对他的奢望。估计打碎希望的也有他自己。那是个星期天的早上，我们手拉手在厂区散步，没想到正好与金玉玺碰个正着。这是我暗中一直期待的相遇，我渴望能看见他恼羞成怒的神情，我盼着拆穿他，他的内心里是在乎我的。金玉玺看见我们，眼光一直都没改变，是那么笃定和谦和。啊，博士，他站下来，用非常随意但又高贵的姿态看着我们，这是你的朋友吗？

是，我的男朋友！我斩钉截铁地回答。

不！不不不！不是男朋友！李庆余赶紧反驳我，脸红得像一面国旗，看起来好像大了一圈。

哦。想起来了，你舅舅是我们的办公室主任！金玉玺用中指意味深长地轻轻点着脑袋。

是、是、是的。不知怎么的，李庆余结巴起来，我觉得他的腿都在打战。

嗯，好好好！金玉玺打开有尺寸的微笑，他跟我提到过你，年轻人，听说你很有上进心。好！欢迎方便的时候到我们企业指导工作。

不敢！不、不敢！李庆余嗫嚅着，低着头没敢再抬起来看金玉玺。我觉得有一点可能，他就会拔腿逃掉。

金玉玺迈着坚定的步子走了。李庆余如梦方醒地站在那里，半天都没有反应过来。那天晚上做爱的时候，他怎么都兴奋不起来，几次三番后，他出着长气放弃了。

妈的，不就是一个杀猪的！他的身子绷得像一张弓，呼呼地出着粗气。

就是，就是一个杀猪的！我没安抚他，仰脸看着天花板，身上像通了电一般亢奋起来，你怎么还没放下呢？一个杀猪的！

后来我在似睡非睡之间，感觉到他在流泪。我想好好地安慰他，可是我太困了，我得睡觉，反正他也不是我的男朋友。这是他自己说的。

六

那天我刚到宿舍楼下,看见毓秀在大门旁等我。这一阵子我故意躲她,连厂子里的超市都不去了。她最近的面色越来越不好了,身体像山体滑坡般垮下来。办公室的人说,他丈夫好几个月都不见踪影了,可她还装得没事人一样,故意把他的内衣挂在阳台上晾晒,做戏给谁看哪。

她想让我晚上带李庆余到她家吃饭。我一口回绝了,说:晚上我们都有事儿。

吃完饭你们再去办事吧!她用乞求的口气说。我心一软,差点答应她。这是那个无所不能、叱咤风云的毓秀吗?那时我跟在她身后,连步子都学着她的样子,想象着哪天也能成为像她这样自信自强的人。

但我忍住了自己的软弱,早晚都得拒绝的事情不如一开始就拒绝,我帮不了她。我说:小李晚上有事,回头再说吧!仿佛真的有事,急急忙忙地上了楼。我们之间已经彻底完结，什么都不会再发生了。

看着她孤独地离去，我又在住室里待了半天，然后下楼。出了门，我漫无目的地朝河边走去。尽管我努力克制着，脑子里还是不断出现李毓秀的影子。她现在的家四处漏风摇摇欲坠，弟弟是她唯一的依靠。她没有朋友，平时她就看不起那些比她身份低下的人。我想象不出她年轻时的模样，刚滑入人生的轨道时，也许她也和我一样自信满满，不相信暗处命运的力量。当然，如果她嫁的不是现在的老公，如果她能生出几个孩子，会是什么样子呢？

我突然也讨厌起自己来，既然已经把她删除，何必还计较这些呢？我猜测她之所以找我和李庆余吃饭，要么是想通过我们找厂办主任为他弟弟求情，现在这个案件的处理由主任负责协调。要么是知道了我并没有在金玉玺面前说她任何坏话，因而对我歉疚。可是这两件事对我都没有任何意义了，对于前者我无能为力，对于后者，我无所谓。

那天我在河岸上走了很久。过去一直认为是这条河让我忍受了这片平原的乏味。因为它，我强迫自己熬过一个接一个冬天，无处发泄的时刻，我一个人在河岸上疾走。可是今天这种感觉怪怪的，也许我能忍受下来并不是因为这条河，是因为等待。可是我等待什么呢？等待着直到失去某个人？等待着让等待一点一点腐朽？

河岸风光让我有已经从现实生活中逃离的感觉。有时候，看着一对中年夫妻走过，我会想到是金玉玺和李梅，然后又想到金玉玺和我。我记得有一次很晚很晚，河边已经没人了，我们俩手拉手漫步在这里，月亮又大又圆，我的心中满满都是感动。无论动机和手段是多么不纯粹，目的都是一样，期盼生命的圆满。至少那一刻，灵魂是洁净的。每当这个回忆涌上来，就会有一股温热的恼羞涌上心头。有一次我真的看见了他和李梅，我迅捷地躲到树丛后面，死死地盯着他们。她看上去比刚回来时胖了一些，步态缓慢，仔细看能看出老态。而他却仍然健康壮硕,他需要的不是这样一个日渐衰老的女人,而应该是我这样的,年轻的,活泼泼的,环绕在他的身前身后。

我曾在许多个夜晚徘徊在他们的房前屋后。金玉玺的大卧室里的灯关了,二楼的房子里还亮着灯。据说他们已经不住在一起了,李梅一定在自己的房间里和孩子们打电话、视频聊天,她附身一根电线上,逃离了这个现实世界。我等待着她真的逃离,到时候会有大堆行李从屋子里运出来,她就要出发,滚回美国去。可是我一天天看见她,安闲地走到办公区里,好像时光被冻结了。她回来了,这个事情看起来波澜不惊,但是对我来说比天都大。她的心似乎安定下来了,只有在这里,等待才是真正的等待。她不再焦虑,丈夫也不再是客人。生活悄悄地变幻了容颜。

毓秀死了,我是和她最后说过话的人。听到这个消息,我差不多要傻掉了。

我沿着河堤走了好几个小时,回到宿舍没

吃晚饭就睡下了，一觉醒来天已经黑透。放在静音的手机上有十几个未接电话，我期待着是金玉玺打来的，他应该知道我在这件事上受到惊吓的程度，哪怕是一个官方式的问候对我来说也是很大的安慰。即使他没爱过，即使是只有怜惜，我不相信这么一次有惊无险的经验就可以让他对我反目成仇。然而，终究奇迹没有发生，电话全是那个叫李庆余的男孩打来的。他仅仅是个男孩。我关闭了手机，打开电视，把音量调到最大。

那天我给自己炒了四个最爱吃的川菜，做了麻辣小面。吃完饭，我又开始认真地打扫卫生，把房间里所有的地方都弄干净，像我第一次进来时那样。做完这一切，我又洗了个澡。我把热水开得很大，水蒸气弥漫得满屋子都是，借着从窗口射进来的灯光，看起来云蒸霞蔚，我满意自己创造的新世界。我又在面盆里放满热水，把整个脸都埋进去。我出了一身透汗，出其不意地觉得轻松——第一次，我在自己面前这么自信，这么自由，这么自我。雾霭浓重的镜子里,我一遍遍地检视自己。我是一个健康的女孩,皮肤白皙,五官精致,说不上有多漂亮,可骨肉匀亭,肤若凝脂。我今年三十一岁了,和三年前来小城时比起来,如果不去计算心情的话没什么大的变化。

我找出和李庆余喝剩下的红酒,站在镜子前,也没用杯子,一口口跟自己干杯。我把全部的委屈一点一滴都咽进肚子里。

从那次跟金玉玺见面后,李庆余就很少来找我了。他有我宿舍的钥匙,可以随时过来。到了后来,他一次也不再来了。我不知道我希望他来还是不来,如果我需要他来,只是因为我的虚空需要有一个人来填满。而我不需要他来,则是怕看到他像被火烫伤般的可怜兮兮的样子。

两个月后,李庆余给我发来一条短信,他要结婚了,对象是一个副市长的女儿。我想起他曾经跟我说起过这档子事。据他说,女孩长相还说得过去,只是神经多少有点不正常,很难跟她讲通道理。我忘记了当时我是怎么取笑他的，好像是说，她讲不讲道理，得副市长说了算。后来他喝了酒总是说到这件事，苦大仇深的样子。那时候我就看他放不下。男人就是这样，总是把希望得到的东西埋在怨气冲天的牢骚里。

我没有给他回信息，说什么都没意思，也许这也是他希望的。从他给我的这条信息里，我弄不清楚自己得到的是安慰还是解脱——从内心来说，我不需要用别人的苦难或者陷落安慰自己。每个人都不容易，生活似乎就是这样，它的左面是一堵墙，右面也是，只有前后一条逼仄的通道，要么前进，要么后退，还得偏着身子过去。但有时候也是这样子：仅仅因为往前走了一步，就能让你欣喜若狂。

那天晚上，自己在家里喝了半瓶红酒，我又鬼使神差地向金玉玺家的别墅走去。陪金玉玺一起住过的那段时光，好像是很久以前的事情了，因为遥远，我觉得自己已经非常苍老，而且沧桑。过去我们总是说，时间能够解决一切，可是时间对于我的意义是什么呢？过去的时间是把我打倒还是重塑了？今后的时间我将怎么消费？难道我将以剩余的日子与一个几乎没有希望的未来进行一次豪赌吗？我想起了父亲，他起起落落的一生看起来似乎是一出悲剧，可在彼时彼景里，他的伺机而动和韬光养晦，谁说不是一种智慧呢？其实李庆余也是这样的，他也没有错。为什么，我就一定要与他们不一样，才能证明我活得比他们正确、高明和有价值呢？

不知是因为风吹还是我想得太深，头痛欲裂。无论如何，我说服不了自己。

站在镂空的花墙外，能看到金玉玺坐落在院子之中的院子，它像一个孤岛一般，高傲得尽显孤独，只有二楼还亮着一盏孤灯。金玉玺又出差去了，这次是去香港，大约一周。过去，我在那所房子里孤身独处的时候，外面的人是不是也这样看我？我想象不出李梅正在大房子里干什么，她都那么老了。这个时候，她远在美国东海岸的孩子肯定刚刚醒来，不耐烦地听着母亲的絮叨。也许他们话说得越不耐烦，李梅心里就越笃定,那是他们互相撒娇的一种方式。但归根结底孩子们有他们自己的生活,最终他们会以对金玉玺的方式,礼貌地把母亲打发了。我就是这样应付父亲的。

跟孩子通话之后,她还会惦记着丈夫的行程,她均匀而又有秩序地分配着自己的时间和生命,并因此显得富贵和安详。这意味着,她仍然是这里的主人。

尽管她已经这么老了。

我怎么都想不明白,当我置身其中,成为事实上的另一个她的时候,怎么找不到这种笃定感呢?当我躺在那宽大得航船一般的大床上,当我一次次地征服和占有金玉玺的时候,怎么都像是在为她垫背和背书。当我失眠的那一个又一个夜晚,灯光散落在我瀑布般的头发上,我分明看见另一个她在对我微笑。对,是微笑而不是嘲笑,我确定。唯其是微笑,嘲弄的意思才更大,因为我微末得不值得她嘲弄。她重新回到这里后,怎么需要张扬呢?她不张扬才是最大的张扬,她装作什么都没发生、她什么都不知道，才是真正的洞彻和把握。这里是她的王国，她可以主宰一切，本来就是，而且，一直都是。

　　我的脑袋里砰的一声开了一朵花。是的，别人的生活我都能看得清清楚楚，而我的生活别人也看得清清楚楚。对于我，金玉玺也像李梅一样手心里握着答案，只是不屑于回答我。对于一个注定孤独的人来说，想用爱情取暖，真是既可笑又可怜。固然，爱情只属于那些你虽然喜欢但不能真正在一起生活的人，但我不能永远属于爱情，我得要自己的生活。为什么我不从头来过，成为一个没有任何绑缚的自由人，而不是一个天天小心翼翼地躲在这个像被遗弃的荒岛内、整天靠不着边际的想象，而且拥有的欢乐越多就越悲伤的人？

　　我必须从现在开始，从这个点上——如果不抓住现在，我将永远没有未来。我脚下的这个台阶不管是谁给的，可它是唯一的、别无选择的，我必须借助它往上走，而不是一直沉下去。如果我从此逃避，那么今后我永远不会面对自己和这个世界，血就会慢慢变凉，青春将成为一堆泥灰——青春如果不拿来挥霍，怎么还配得上说自己年轻过呢？这话不知道是听说的，还是我自己想出来的，反正都一样，反正也差不多。尤其是你当真拥有自己的青春之时，一定可以拿它来做点事情，要么用来怀念，要么用来后悔。

我觉得自己又积蓄起了满满的力量，我与它抱个满怀。

七

毓秀死了，突然而决绝，不管是多么令人难以置信。

那天我正在办公室整理材料，接到了毓秀弟媳的电话。我吃惊地问，是她让你给我打的？她说，是毓秀姐，她想见你。可能感觉出了我的迟疑，她哀哀地说，她病了，病得很重，你来看看她吧！

毓秀怎么这么快就不行了呢？难道她这是

在提醒我终将败落的结局，我如被电击一般呆住了。她那样骄傲的一个人，怎么可能会突然就被击垮了呢？放下电话，我就往毓秀家里跑。看到她像一根枯木般地躺在床上，心里竟然被针扎一般地疼痛。看见我进来，她用骨瘦如柴的手拉着我，告诉我这些年她为了生个孩子，拼命吃药，一日三餐当饭吃，恨不得把药渣子都吞下去，结果却弄成这个样子。命里无儿难求子啊！她给了我一个笑脸，那是一种凄惨得我一辈子都忘不了的笑。

那一天，我跟毓秀待了大半个下午，她说了很多话，说她自己，说李梅，说她的不甘心。嘱咐我一定不要像她一样，要早早生个孩子。那才是女人最大的资本，你不知道啊，女人做母亲比做什么都重要！

毓秀是那天夜里死的，显然是死于药物中毒，她的神态倒是安详，只是浑身紫黑，嘴唇乌得如同黑炭，警察找我问讯了一个多小时。我一口断定她不是自杀。我反复回忆了我们待在一起的场景，写在不同的纸上。他们要求我待在厂区，而且得有一个保证人。我写下了金玉玺的名字，除了他，在这片寂寞的北方土地上，谁还能作为我的保证人呢？如今连毓秀也死了，她乌黑着脸，躺在殡仪馆的大冰柜里，浑身泛着死鱼般的清光，让我想起冻在公司冷库里的动物胴体。我实在忍不住，一次次跑到洗手间里去吐。

毓秀的死，我或许没有难过，反而觉得松了口气，于她，这未必不是一种解脱。

毓秀的丈夫一直在现场忙碌，尽心尽力，这可能是他对毓秀最殷切的一次照顾，可惜她连这也看不到了。毓秀的母亲在哭喊，呼天抢地，她被儿子搀扶着。那个相貌俊秀、让人鄙睨的男人。母亲的哭号仿佛是被儿子绑架着，心怀叵测。

法医的解剖结果毓秀的肠胃里有安定，死于中药附子中毒。她的亲人们都想起来，她长期睡眠不好，每天都要靠两粒安定睡觉。至于附子，在她的药方上自然能查出每剂有 10 克的用量。问题出在煎药的方法，药师的要求是先煎熬附子一个小时，再加入其余的药物，熬 20 分钟后服用。可怜的毓秀的那个保姆，她把程序完全颠倒了，她把别的药物煎熬一个小时，加入附子再煮 20 分钟，使毒性得以最大的挥发。即使这样也不至于致人死，若是她感觉自己不舒服，及时送医院是无大碍的。毓秀吃了安定，很有可能她根本没有感觉到不适，她被自己睡死了。

对她的死，我自然不负有任何责任，可是当事情水落石出，我心里却不轻松。她那天找我和李庆余，是不是走投无路之际，想让我施以援手呢？虽然我帮不了她，至少可以给她点温暖，给她点安慰吧！可是，我没有。愧疚和自责不期而至，但是毓秀的主治医生透露了一个更为惊人的消息，她患的是宫颈癌，晚期了，已经扩散到淋巴，无论如何她也熬不了多少时日了。这个虚荣的女人，她死在她自己的刚强之上。连患癌症这等大事，她都瞒得滴水不漏。

毓秀的丈夫为她举办了一个盛大的葬礼，

如同他们的婚礼一样体面。几十辆车几百号人，金玉玺携夫人参加了追悼仪式，我远远地望着他和他臂弯里衰弱不堪的妻子，猜不透，他们希望她死还是活着？

我心如死灰。我决定要离开这里。这个灰暗的城市，不管它生长着多么茂盛的经济力量，它仍然是一片荒漠。

一个星期后，我径直去了金玉玺的办公室，像第一次谈判一样，我说我答应他给我开出的条件，去意大利工作。金玉玺微笑着，好像这一切都在意料之中。他慢悠悠地说道：我们与意大利的合作将改写中国，不！将改写世界肉制品行业的历史，而你也将成为这个历史的一部分。

我吗？我也微笑着看着他，跟他一样笃定。我终于明白了微笑所拥有的力量，相信您跟我一样，并不会把历史当回事。我们都看重未来，不是吗？

哈！他摇了摇头，年轻人，我真羡慕你！

羡慕？我？

他朝我点了点头，表情严肃起来。我心里一阵迷乱，其实仔细想想，他出身寒微，又是在这样一个小地方开创事业，其中的委屈和苦楚别人是无法理解的。他落魄的时候也未必比我们普通人坚强，所以他对得来的成功必须时时处处小心地捧着，不能在砖头瓦渣上摔碎。而且，在某些方面，他确实不如我，他连回头的机会都没有。

博士，他像忽然想起来什么，从老板桌下的夹层里拿出一张银行卡递给我，看来是早有准备。我让四川方面打听过你的家庭，知道你上学家里付出的代价。这是我对你，也是对老人的一点心意。

我愣住了，看着他，脸涨得通红，想说的话一句都想不起来了。

拿着吧！他把卡放在桌子上，用一根指头推到桌子边上，我知道你需要，也会要。

谁让我是你的秘书呢！我回过神来，把卡拿过来看都没看就扔到包里。钱货两讫，如此一刀两断未必不是比虚无的爱情更实用的结果。

我觉得我们两个都找到了相互之间的某种平衡。

他站起来。我知道我们的谈话该结束了，一切都该结束了。不能说没有遗憾，我也不能装作什么都没失去，但我心里一点抱怨都没有。如果在这个点上结束，我觉得刚刚好。

但我想起了毓秀的母亲，有一件事，我不能不管。

李毓秀死了，算是老天对她的惩罚，她还有老母亲，她弟弟的事情，可以网开一面了吧？我盯着金玉玺的眼睛。

他的脸色忽然寒了，瞪着我的眼睛里既有不屑，也有肃杀：你想说什么？

李毓秀，她的老人你不会不管吧？

我管不管，不是你该问的事儿！似乎是恼羞成怒，但他很快就抑制住了自己的情绪，可能觉得这话太伤人。博士，即使到了意大利，你也要记住今天我说的话：只管你该管的、能管的！他停顿了一下，懊恼地捶了一下桌子，你知道吗？李梅就是李毓秀弄回来的！如果不是从她回来的第一天我就警告她，我唯一的条件就是不能伤害你，你想想现在会是什么结果？

会是什么结果？我觉得心里有些东西像短路一样噼噼啪啪在爆炸，难道你觉得还有比现在更糟糕的结果吗？

你——他摊开两手，我都这么做了，你还不理解吗？

我心里涌出一种巨大的厌恶和悲哀，他这副讨饶的样子，跟李庆余的软弱有什么两样呢？我转身走了出去。我不知道他怎么会对我说出这样的话来。他不该跟我说这些，这不是他应该说的话。他是害怕我继续待在这儿闹他的心，还是因为对我歉疚？都这个时候了，没有必要再出卖一个惨死的女人来安抚我，他软弱了。

出卖。我想着这个词，一阵比一阵大的悲哀把我淹没。我想起他曾经怎样在我面前回避谈他的夫人，想起我的照片听之任之地落在李梅手里，脑子里突然一片空白。我迅捷地逃到电梯间，把头抵在电梯壁上，泪水夺眶而出。

真是奇了怪了,一个人对幸福的感觉,总是比幸福本身的规模要小,而对悲伤的感觉,则比悲伤的规模要大得多。

但我发誓,这将是我这一生最后一次,为了自己而哭!

出了办公大楼,我头也不回地往前走,心里轻松了很多。我知道他正站在十九楼宽大的窗口前看着我,相信他也很轻松。实际上,我没有输掉什么,他也赢了。这是我们两个都想要的结果。

走在回家的路上,我深深地呼了一口气,又深深地吸了一口。

这金帝的空气!尽管浑浊,却也营养啊!

拿到去意大利的签证,我直接回住处收拾东西。可是,临走我才感受到,这个小屋子竟然这么温馨,连门口地板上总是绊我脚的那一块凹陷都让我中意和亲切——每次擦地板的时候,我对它格外用心,终于把它磨成了一个月牙形的,有点像砚台似的缺口。我在大号马克杯里冲泡一杯挂耳蓝山，急不可耐地打开电脑，通过谷歌地图寻找到意大利，那在地中海蔚蓝色的波涛中的意大利。意大利，意大利，我轻轻念着它的名字，用手指轻轻摩挲着它——我抚摸着那在世界地图上像高跟靴子一样的国度，禁不住轻松地笑了起来。我的手指沿着西海岸一路北上，巴勒莫、那不勒斯、罗马、热那亚、都灵……这些曾经让我耳熟能详的名字，今天与我隔着荧屏劈面相逢。过不了多久，我的双脚就会实实在在地踏在这只靴子上，这情景是如此的激动人心——是的，也许这个世界就像一双靴子，它有自己的尺度，也有足够的空间；它既给我们限制，也给我们保护。

心情在咖啡里也像在酒中一样眩晕起来。短短的时间里，我的心好像镀了一层膜，对一切都能免疫了。但这有什么呢？至少我学会了爱自己，珍惜自己。这是自私，也是自重啊！

我找到金玉玺孩子们的邮件地址，开始给他们写信，这是我离开这里之前必须完成的工作。"孩子们,我必须告诉你们,你们的父亲既不是一个怪物,也不是一台只会挣钱的机器,只要能得到你们的爱和理解,让他像一个普通人那样,享受拥有一个温暖的家庭的权利,他真的会成为一个好男人——吾儿:……父亲留给你们的最大财产仅仅是做人做事的经验和原则。做一个诚实善良的人,一个被社会需要的人——这是我用身体、青春和信仰给你们换来的最好的礼物!"

第四十圈

以眼还眼,以牙还牙,以手还手,以脚还脚。
——《旧约全书·申命记》

上 部

一

十六岁那年我发表第一篇小说。说起来甚是好笑,这篇作品像一个孤儿,前不巴村后不着店。其后将近二十年时间，我没再写过什么东西。不但没写过东西，也没做过什么让自己高兴的事儿。生活黏巴巴的脱不开手，二十年时光，左支右绌，只用来应付生计已是身心俱疲，遑论其他！在一次高中同学聚会时，有人提起这篇小说，告诉我小说中写到的"那个人"现在已经是国家某银行人事司的司长了。老天爷！"那个人"是哪个人？连这篇小说的事我都不记得，怎么还会记得那个人！

二十年，可以忘记的事情很多，而且都比一篇小说要大——生活在这个星球上，坐地日行八万里，浑然有序而又阴差阳错。每天有三十七万人出生，十六万人死亡。想想看，与此相比，我们平凡的一生有什么大事可言？

不过，我着实听说过一件大事。那是我以一个作家的身份下派到天中县挂职当副县长期间，县里很多人给我说起曾经在这个县轰动一时的一起案件。是个杀人案，但也不完全是杀人案，案子里面套案子，挺复杂的。案件已经过去十来年了，现在大家还津津乐道。而跟我讲述这个案件的人不同，案子的面目也不一样，对里面各色人等的评价更是千差万别，真像一出"罗生门"。这谁也别怪，我理解他们，案件不管多复杂，那是别人的。

第一个跟我说起的，是我的司机刘师傅。可从我到县里任职一直到离开，他始终也没把这个故事讲囫囵，其他人说的更是支离破碎。那次刘师傅送我回省城，在路上主动向我说起齐光禄——齐光禄是这个案件的主角。"赵县长，您是写小说的，那齐光禄的事儿，讲说起来比小说都好看。"——我相信他从未看过小说，他生活中就两件事，开车和打牌。天中有俗谚：一怕孙书记讲政治，二怕刘老四"推拖拉机"——孙书记是县委管宣传的副书记，他安排秘书写讲话稿就一个标准，"今天是开大会，话不能说矬了，给我写够五十页！"刘师傅在家排行老四。据说他打牌可以三天三夜连轴转，眼睛都不带眨巴一下的，人在阵地在，不把对手熬趴下他决不下战场。

我说："你说来听听。"

"他怎么就那么狠,眼睁睁地把一个派出所长给剁碎了,"他一边吧嗒嘴,一边说,"这个所长我们早就认识,过去他没当所长之前,就在政府家属院住。挺内向的一个人,从农村考上的大学,第一个老婆跟人好了。找这第二个老婆也不是个正经货,名声不好,老大不小也找不到对象,最后不知怎么的就嫁给他了。"

凭我的职业敏感,我知道这可能就是我下来挂职所要体验的"生活",就这短短的几句话,一篇好小说所需要的张力已经有了。我问他:"你说的这个齐光禄为什么杀所长?总有个前因后果吧!你能不能把这个事情详细说说?""哎呦!要说那真不是个事儿!那算个什么事儿啊?唉嗨!钱,人家该赔也赔了,政府该补也补了,所长该免也免了。"他左手开车,右手捏着指头算着这三个"了",好像这是一桩可以计算的买卖似的。

我坚持让他从头到尾说详细点。他意思了半天,说一时半会儿根本说不清,这得抽个时间好好说道说道。我说:"我们路上有将近四个小时的时间呢!"

"四个小时?那不够,太复杂了!"他摇着头,又重重地叹了口气,"太复杂了,想想就够让人闹心的。"

二

汝河往南走了一大段,又掉头往西去了。这样的走势在平原地区很罕见,属于倒流,所以当地人也把这条河叫做回头河。汝河河湾处夹着一个小镇,很像一个人的胳膊搂着个孩子。小镇与县城隔河相望,但是无路相通,只能坐船过去。别看这个镇子不起眼,名字却响亮得很,叫天中镇。也是因为有这个镇子,这个县叫天中县。据说这个地名是乾隆爷下江南路过此地时封的。但这种说法很值得怀疑,我从史书上看到关于天中的记载:"禹分天下为九州,豫为九州之中,汝又为豫州之中,故为天中。"后来,我又在县志上看到"天中"二字竟然是唐朝的颜真卿所书。可见,历史真是不值得认真端详。

　　天中镇镇东头住着一户人家，户主姓牛，人我皆称呼牛大坠子。"坠子"在当地土话里两层意思，一层是对本地戏曲的统称，一层是指一挂鞭炮最后那几个最响的大炮仗。牛大坠子跟这两样都沾点边儿。先说唱戏这一出，从小他就喜欢，只要一出门口，小曲就挂在嘴上，咿咿呀呀，抑扬顿挫。如果碰上一群人扎堆儿在那里聊天，他便凑上去。禁不住人家一撺掇，他就会半推半就拉开架势。那么胖大的一个人，踩起场子来如风摆杨柳，左手撮成兰花指掐在后腰上，右手撮成兰花指挑在胸前，其势如凤凰展翅，便一唱三叹地开始了：

　　　　我不告天来也不告地
　　　　状告皇王御妹婿
　　　　我告的就是他强盗陈世美
　　　　秦香莲我本是
　　　　他的结发妻呀、呀、呀、呀……

至于把他跟大炮仗联系一起,一来是他嗓门大,说话跟过闷雷似的,震得人耳朵轰轰响半天;二来他好充大,说话办事总爱拣个高枝,好像凡事都比别人高明。

坠子爷爷过去曾经跟过袁世凯,专门做手擀面,说是祖传手艺。老袁这个人一直到死都爱这一口儿。老袁死后,爷爷背着太子克定送的一把日本刀解甲归田,刚好遇到兵荒马乱的年月,技艺无以相传。直到后来得了孙子坠子,他才将刀和做面手艺传给了孙子。

不管爷爷是不是跟过袁世凯,用这方法做出来的面真是好吃。刀看起来也是真的,像传说中的皇室用品。坠子当了金豫宾馆的经理之后,把做面的手艺给解密了。相当简单,小麦、红薯、绿豆三种面粉和在一起,磕几个鸡蛋,使劲搅合,待白黄绿三种颜色混为一色,用瓦盆盖在案板上饧半个时辰,然后擀成半韭菜叶那么厚的面皮,晾至半干,刀斜成四十五度,薄薄地片下去,便成了厚薄适中的面条。用猪油擦一下锅底,把葱姜煸熟,待水烧成大滚把面顺势摆进去,出锅前再放几棵小青菜,点几滴芝麻香油。吃的时候有一股说不出来的"年少的味道"(爷说是袁世凯语)。那时候,就靠着这"袁面",金豫宾馆红火了好大一阵子,如果不是后来的几多变故,结局肯定不是现在的样子了。

坠子原来在金豫宾馆当大厨,虽然有祖传的面点手艺,他却死活不听爷爷和爹爹的话,做了红案。他不喜欢白案的冷清,对着一堆面粉揉来搓去,让人一点都兴奋不起来。他喜欢红案的热闹,爹怎么打骂都改变不了他的志向,于是只好随了他。很快他就出师了,煎炒烹炸相当了得,那完全得益于戏曲给他的启示。他觉得炒菜跟唱戏十分相似,热锅凉油,一把作料撒下去,嗞啦一响,是过门儿。待主菜下锅,一出大戏便开始了,锅碗瓢盆叮当乱响,有韵律,有节奏,还有情趣。那是一门让人上瘾的艺术。

刚开放之初,国营金豫宾馆实在经营不下去了,学习外地经验搞起了承包。那时候的人都小胆，商管委开了几轮会议，没人敢接这个摊子。坠子一拍屁股站起来，签了为期五年的承包合同。当时的报纸电台当做是一个重大新闻，进行了广泛报道，说他是中原的马胜利步鑫生，他的壮举将会在中原大地掀起一轮改革大潮，云云。

后来的实践证明他这个决策是对头的，他以"袁面"打头，以周围鄂豫皖地方特色菜铺底，生意做得风生水起，远近闻名。那时候，他牛总经理梳着中分大背头，一套上海"响铃牌"大方格西服，脖子里吊着猩红领带，皮鞋擦得锃亮。不管他去哪里，都让人扎眼得厉害。一辆古董级的黑色"上海"牌轿车驶过，能听到收音机里传出的老包下陈州的唱腔：

>久念陈州众百姓，
>辞别王驾早登程，
>紧催八抬忙走动……

三

　　机关干部下基层挂职锻炼，总有点不伦不类。有钱有势的部门下来还好，能给人家跑个项目批点资金什么的，至少能为当地干部提拔重用牵线搭桥。像我们这些文化部门下来的，两袖清风，手无缚鸡之力，很难融入当地。眼看着两年的挂职期限已经过半，我心里不免暗暗着急。一来，自己分管的文教卫属于慢工出细活的工作，干好干坏一时半会也看不出来。二来，有形的项目自己一个也没干。别人说起以往的挂职干部，往往是谁谁谁修了水库，谁谁谁盖了一所小学。如果我回去，在县里不会留下任何可资评说的东西。有一次，我给在发改委任职的一个学弟打电话，求他帮忙给弄个项目。"姐啊，"人前人后他都这么亲热地喊我，"不是我给你弄个项目，而是你得先编个项目，我负责给你点钱！"电话那头乱哄哄的，好像是在歌舞厅里，那时是下午四点多一点。

"编个项目？是编制一个项目还是随便编一个项目？"我玩笑道。"哎呀！姐，你这作家都当呆了，那还不是一回事儿？小说是把真事往假里说，编项目是把假事往真里说！"他那边已经开始唱上了，吼了一句粤语歌又跟我说，"就这么回事儿，年底快批项目了，正好今年钱多得花不出去。"说完又唱上了。估计他也喝得差不多了，不然他不会这么跟我说话。他是一个知道分寸的人。

第二天，我带着办公室副主任赵伟中和秘书下乡搞调研。在县里，每个副县长都有一个办公室副主任跟着，其权力比秘书大，比办公室主任小，我的一切活动基本上都靠他安排。走路上我问他，"编"个什么项目合适。赵伟中说："赵县长，您是真想办事还是想办真事？"——妈的，这都什么语言，跟江湖黑话似的！我不禁想起学弟"编项目"之说——我说："此话怎讲？""真想办个事出出政绩，县政府项目库里的项目多的是，拿一个就是了。想办真事，那就看您觉得事情办得有没有意义了。"我说:"那还用说?我办事的风格你们又不是不知道!"刘师傅插话说:"赵县长,咱们县我觉得最值得办的事情,就是县城往天中镇修座桥。这事儿老百姓意见很大。""既然有这样的好事,过去怎么没人办?""哎呦!"他又吧嗒起嘴来,这个动作表示里面有戏,情况复杂,"您不知道,天中镇人不好惹!就齐光禄那个事儿,前前后后拉扯多少年,到现在都没扯白清楚。"赵伟中连忙喝道:"老四,别信口乱说!"

我想了一下,说:"刘师傅,今天咱们就直奔天中镇!"刘师傅扭头看了一下赵伟中。赵伟中把前面摆着的"县人民政府"的牌子拿下来,扔在脚下,也没看我,叹了口气说:"走吧!"

虽然咫尺之隔,可刘师傅说要绕一个多小时的路程才能到。我想起他和其他人跟我说起的齐光禄的事情,心里隐隐约约有一种不安。也不完全是因为今天赵伟中的表现,很多人说起这个事情,都是这样一种态度。也不是避讳什么,好像谁都想躲开里面的麻烦,害怕会缠上自己似的。事情已经过去十多年了,现在说起来还如此讳莫如深,那么在这个案件背后,还有多少鲜为人知的东西?

四

牛大坠子承包金豫宾馆的第三年,来了一个南方女子。开始她是来推销报纸杂志的,养生、口才、营销、厚黑学,什么都有。女子一来二去,跟牛总不知怎么就对上眼了。牛总不拘一格降人才,把她留下来做销售经理。这个女子不寻常,在销售上确实有一套,见人说人话见鬼说鬼话,不管什么人见面就熟,只要见过一面,下次一开口便能喊出人家的职务。再到后来,牛总是一步也离不开她,连自己的家都很少回了。

坠子的老婆也是天中镇人,在家就是个病秧子。身体弱的人,往往性格暴戾。有时候,坠子跟她说不了三句话,她就能拿头去撞墙。

所以坠子平时也不敢招惹她，遇到什么事都是躲着让着。坠子当了老总之后，好话说尽，才把她和女儿搬进城里。屋漏偏遭连阴雨，坠子和那女子的传闻，不知怎么的就传到了她这里。她气不打一处来，抓不到坠子，逮住自己的女儿暴打了一顿。谁知坠子刚好回家来碰见，还没解释几句，母女俩合着伙歹毒他。女儿哭着怪他惹事，老婆拿着热水瓶朝他头上砸。他狼狈逃窜。老婆本来身子就弱，又遇到这事儿，气病交加，熬了不到一年就去世了。老婆死后，牛大坠子很快便跟这个女子结为夫妻。结了婚以后他才知道，女子还有一个儿子，比自己的女儿光荣小五岁。坠子心中暗喜，这是买一送一的好买卖，不费力气就儿女双全了。

坠子的女儿牛光荣长得既不像坠子那么肥硕，也不像他老婆那么柴，是个细皮嫩肉的美人胚子，个子细长，瓜子脸，一笑俩酒窝，羞怯中有一种质朴。娘还活着的时候，光荣已经寻到了对象，是自己谈的，只是年龄不到无法办结婚证。光荣的娘一死，光荣跟后娘之间像乌眼鸡似的，你啄我一口，我掐你一下，没个消停的时候。后来光荣索性搬到男方家去住了。再后来，光荣肚子里有了。男方的家长找到坠子，支支吾吾地把这事告诉他。坠子大手掌拍在老板台上，说，那还扭扭捏捏扯白什么啊？让他们俩先上车再补票不就得啦！

婚礼是在金豫宾馆办的。坠子本来就爱排场，当上经理之后结交的狗肉朋友又多，再加上双方驴尾巴吊棒槌的亲戚和镇上的乡亲，前后开了二百多桌。光荣的后娘重装登场，浑身披挂得比继女都像新媳妇，在酒宴上撒着欢卖弄风骚。光荣看着她，当着人面笑也不是哭也不是，新仇旧恨窝成一肚子气，强撑一天，一口饭都没吃。

婚宴一直拉拉扯扯到晚上才结束，牛大坠子与亲家喝得昏天黑地。吃完喝完，一群晚辈闹哄哄地簇拥着小两口回去闹洞房。开始还算文明，交杯酒，咬苹果，亲嘴……闹着闹着就不像话了，一群人先把新郎围在中间"撞墙"，把新郎撞得筋疲力尽瘫软如泥，拱到床底下再也不爬出来。又开始折腾新娘,他们拉着她的胳膊腿往上抛,说是放冲天炮。一下,两下,三下……光荣一天水米没打牙,浑身连四两力气都没有,被他们抛来抛去,开始还能挺着身子,到最后浑身就像一块面团一样绵软无力。最后一抛,面团从众人的手中滑脱。光荣四仰八叉朝水泥地上重重地砸去,像一列脱轨的列车,失速撞向一个未知的黑洞。

五

齐光禄原来并不是本地人,老家是东北那疙瘩的,父亲是军工厂的老工人。上世纪六七十年代,中国与苏联交恶,因为形势所迫,军工厂大部分迁往三线。他跟着父母来到了鄂豫皖交界的这个山旮旯里,初中没毕业,就回厂接了父亲的班,分到机修车间开叉车。父亲在喷漆车间工作半辈子,退休之前就干不动了,退下来不久就因肺癌去世。家里剩下他和母亲,还有一个患小儿麻痹症的小妹。

齐光禄先是开叉车搬运钢材的时候挤断了一条腿,虽然治疗得差不多,但是走快了还能看出来跛脚。后来又遇到企业军转民,很快他就下了岗,成了一名待业青年。当时政府为了维护社会稳定,给待业青年开了口子,鼓励他们自谋职业,并且在税收、经营场所等方面给予照顾。他就在县城一处居民区的小蔬菜市场里摆了个猪肉摊子。

猪肉摊子离牛大坠子住的楼也不远,隔半条街。按理说他跟坠子沾不上边儿。坠子开饭店当经理,家里吃的用的根本用不着从外头买。可是事有凑巧,有一次坠子下班回来的早,在菜市场下车。他看见齐光禄卖肉的时候,把半扇猪吊在横梁上,谁来买肉他就拿刀过去砍一块,不是多了就是少了,而且肉切下来卖相很难看。坠子一时技痒,快步过去,把猪从梁上卸下来横在案子上,横着剁五刀,竖着剁了三刀,整整齐齐一十五块猪肉码在案子上,煞是好看。

他把刀递给齐光禄说,要想卖好肉,先去

换把好刀来!

齐光禄看得傻了,半天才缓过劲来,连忙递上烟,忙不迭地喊师傅。坠子把烟叼在嘴角,示意齐光禄点上,舒舒服服地吐了一口烟。齐光禄说,师傅……坠子也不答话,哼着小曲走了。

旁边的人告诉齐光禄说,你今天算是走鸿运了。这个人你不知道是谁吧?他就是牛大坠子啊!

从此,每次看见坠子回来,齐光禄离老远就打招呼,俩人慢慢熟络起来。女儿光荣结婚的时候,坠子也请了齐光禄去喝喜酒。齐光禄手也不小,封了一百块钱,还添了一床当时算是奢侈品的鸭绒被子。

那天牛光荣被摔到地上,齐光禄就站在旁边。坠子虽然喝得醉醺醺的,可非要坚持把他亲家送回家。齐光禄怕他有什么闪失,也跟着过来了。光荣这一下摔得真是不轻,当时就昏迷不醒,躺在地上动都没动一下。后来大家七手八脚把她抬起来,赶紧往医院送。肚子里的孩子没保住，光荣也昏睡了四十多天。光荣的婆家在她入院的时候交了两千块钱押金，后来再也不露面了。牛大坠子去找他们理论，婆家说，他们俩又没登记结婚，这婚姻不受法律保护。人是你们家的人，我们又没动她一指头，凭什么该我们管？

坠子气得回家喝了一斤二锅头，跳起脚在屋子里大骂，可是于事无补，毕竟他没能力拿住人家。让他万万没想到的是，这才是他倒霉的开始，要不怎么都说祸不单行呢！饭店五年的承包期到了，他要跟商管委续签合同。商管委的头儿说，你来得正好，省我们跑一趟冤枉路。赶紧交钥匙吧，这宾馆我们已经包给别人了！坠子一听如被雷击，站在门口跟人家嚷嚷道，金豫宾馆的门楼子没塌下来，到现在还这么红火，都是我牛大坠子一铲子一铲子炒出来的！你们把我一脚踢开，这不是卸磨杀驴吗？还讲不讲理？头儿说，我们不能讲理，只能讲法！现在是法制社会——简直跟光荣婆家一个口气——他急得跳脚撒泼，指着头儿说，我一把火把宾馆给你们点了,看你们还跟我讲法不讲!头儿根本没搭理他,从兜里摸出一个打火机,扔给他。看他没动静,又摸出一个,扔给他扭头走了。

一整天,他眼里心里尽是打火机。晚上回来又灌了一斤二锅头,哭着骂道,这是什么鬼世道?对你们不利的事儿,你们就跟我讲理。对你们有利的事儿,你们就跟我讲法啊!

骂归骂,现实还要面对,末了还得乖乖听话。钥匙交了,车子也交了。当天晚上,他把齐光禄喊过来,两个人一人一瓶"汝水白干",酒头对着吹。悲愤指数升高,酒的度数也要跟着升,七十三度,一点水都没掺。喝到七八成熟,他从桌子底下拽出一个红木匣子。打开来看,里面是一个明黄色布包,搭眼一看就知道不是凡常人家的用品。坠子把黄布包小心翼翼地取出来摆在桌子上,轻轻打开。齐光禄只见寒光一闪,一阵凉风穿心而过。那把刀便顺在坠子手里。坠子放在眼前看了半天,双手捧着递给齐光禄。齐光禄接过来细细地看了,暗暗叫绝,真是一把好刀！青脊白肚，背厚刃薄，像一条鳞光闪闪的青鱼。在刀柄与刀身的结合处，刻着两行非常不起眼的小字：関孫六。大日本明治二十七年製。

六

那天我们去天中镇并没有遇到什么麻烦。为了防止意外，开始我们没到镇子里去，而是沿着河堤，一直走到与县城对面的码头上。镇上的书记镇长已经接到通知，带着一干人在河堤上列队迎接我们。简单寒暄几句，我们顺着河堤上的一条小路往下走。我从来没这么近距离地走近过这条河，来到河边我才发现，从这边看县城，简直是近在咫尺，好像伸手就可以碰到对面河岸的柳叶。

河边是一个两岸人员来往摆渡用的小码头。离码头不远，几个船工模样的围着一个用砖头水泥垒起来的小桌坐在河边喝茶。看见我们过来，他们只拿眼睛斜愣着，没有一个人站起来。我回头问镇上的书记:"在这里干几年了?"书记说:"过来快半年了。"——怪不得老百姓都不认识他——他说着看了一下赵伟中,迟疑了一下,又补充说:"谁在这个镇子上干,也不会超过两年。"我问:"为什么?"书记笑了一下,说:"地球人都知道为什么。赵县长,很快您就知道为什么了。"

听他那语气,我心里咯噔一下,莫非又是因为齐光禄?

看完现场,我们正准备往回走。刘师傅问那几个人:"坠子他小老婆现在干嘛呢?"其中一个面皮青黑的中年人说:"不还是该干嘛干嘛!"又反问道:"你认识坠子他老婆啊?"刘师傅走过去,给他们每人散了一根烟,说:"不认识牛大坠子的老婆,不是在这里白混了吗?"一群人听罢此言,你看看我,我看看你。我觉得似乎刘师傅这话说得不是很合适,空气有点紧张。一个人问刘师傅:"你们是政府的吧?"刘师傅未置可否。那人又道:"别看了,赶紧回去吧!我还没结婚,你们就在这看来看去。

现在我儿子都结婚了,你们连一块砖头都没埋下。"刘师傅跟他玩笑道:"吸人家的嘴短!你再乱说我让你赔我烟!"大伙儿一阵哄堂大笑。我感觉到现场情绪明显松动了很多。

晚上,我们在镇政府吃饭。赵伟中特别安排不在外面吃,就在他们的机关小食堂里。饭菜很有特色,都是当地土里刨的、河里捞的特产。开始大家都还很拘谨,按套路敬酒。酒过三巡,我站了起来,先用茶杯倒了一杯酒,准备一口干了。赵伟中见状赶紧夺过去,说:"赵县长,您这是办我的难堪!下面这酒要怎么喝,您只管吩咐就是了!"

我说:"我吩咐算吗?算了,我还是喝了吧!不然我这个挂职副县长,说什么都没人听!"我话音刚落地,赵伟中仰脖子把一茶杯酒喝了。书记镇长也赶忙站起来,学他的样子,一人喝了一茶杯。三个人都拿眼看着我,也不说话。我拿过杯子,又倒了三分之一,说:"这是我这一辈子第一次喝这么多,我相信也是最后一次喝这么多。不管我在这里,还是离开,我仅仅是女作家赵芫,而不是一个副县长或者其他什么。如果你们觉得我还像那么回事儿,今天咱们就放开喝酒,放开说话。我希望好好听听你们天中镇,听听牛大坠子,听听齐光禄和牛光荣!"

"好好好!"他们一边说一边每人又倒了一杯喝下去。谁知几杯酒下肚,话都多得控制不住,七嘴八舌地胡乱插话,一会儿就搅和成了一锅粥。我的头也晕得像坐海轮,忍无可忍地坐在那里,到末了也没听明白他们说的什么。

七

坠子被解职之后,在家待了有半年多时间,一直等到光荣从医院接了回来。说是痊愈了,其实只是保住一条命,根本没有得到很好的治疗。刚回来那一段时间,跟个傻子差不多,既认不清人,也说不成话。养了一段时间,虽然有了很大改善,但跟正常人还不一样。说话非常不清楚,还经常不自觉地流口水。自己坐在那里，总是忍不住笑。问她以前的事情，婚礼之前一直到闹洞房她都记得清清楚楚。可是自那之后，包括现在的很多事情，她有的能记得，有的一点都记不得。不过，从外表看起来她还跟个正常人差不多，依然那么漂亮，而且家里的活计一点都不少干。

坠子新娶的小老婆经过这两件事，倒也安分平和了不少，对待光荣也不似过去那般刻薄了，有时候看见光荣忙不过来或者有什么不方便，她也主动上前帮忙。仔细说来，过去俩人掐架也不光是后妈的责任，按她自己的说法，她有追求幸福的权利。这话也不无道理，平心而论，她只是跟追求自己的男人结婚，何罪之有？

饭店开不成了，坠子老婆在家休息了一段时间，又捡起了自己的老本行，帮人家推销报纸杂志办公用品，每个月都有进项贴补家用。倒是坠子干了这几年经理，心大了，野了，手也软了，再也捏不住刀把勺子柄了。光荣回家，他就开始跟着开饭店时结交的一个大老板跑业务。据说这个大老板很有后台，在北京凯宾斯基饭店包了一层楼，全国各地都有分公司。谁也说不清楚坠子到底跑的是什么，但见他每天进进出出，西装革履，掂着一个黑亮的大提包，忙得连喘气的工夫都没有。那时候物资短缺，而且每个机关单位都要办企业，所以皮包公司满天飞。江湖上都传说他根子硬，门路广，见过大世面，按当地的话说"是吃过大盘荆芥的人"。而他也从不隐藏自己的能耐，手里不是有一百吨钢材，就是有海关处理的走私电视机，"都是人家小日本国内生产的，塑料纸都没揭掉。"他对追在屁股后面的人说。生意做没做成没人说得清楚，反正看他的身材，肯定是每天都落个肚儿圆，还常常车接车送，前呼后拥，煞是风光。

后来，各地政府都有了招商引资任务，他按照大老板的安排，摇身一变成了外商投资的代理人。大项目多得没办法，眼睁睁看着他把皮包磨坏了好几个。皮包里除了合同、委托书，还有他跟各地领导的合影。最高级别的领导是某个省的党外副省长,据说这个副省长的父亲是黄埔军校第四期的高材生,和林彪刘志丹他们同是"老三连"的同学。"我们都是名门之后啊!"他拉着党外副省长的手这样说的时候,眼圈有点湿润,但也不全是装出来的,"要是你在沿海当省长分管招商引资,我可以帮你办成一件大事。遗憾!真是遗憾!——"他一边摇着头,一边从提包里掏出一沓子花花绿绿的文件,是旅欧黄埔同学会的投资委托书,"他们想搞一个海水淡化项目,建成之后可以从根本上解决华北地区的缺水问题。可惜咱们这里是内陆,不靠海,我也帮不了您这个大忙!"

坊间关于坠子类似的传说很多。还有人造谣说,坠子事先知道副省长接见后,专门查阅了副省长的出身,然后自己去打印了这份委托书。但是,这样的说法明显缺乏其他证据支持,不足采信。况且还有那么大一个后台,一个副省长算什么呢?

全国各地招商引资的虚热症冷下去之后,坠子的门庭也冷落了一段时间。后来大老板又为他开辟了新的生财之道，但是已经不面对政府，而是面对企业和个人了——不是承包了一段高速公路，就是发现了一个稀土矿，现在只缺前期启动资金了。有一次，他喝得醉醺醺的，来找睡在肉铺子里的齐光禄。他坐在齐光禄的床头，从提包里掏出一沓子夹杂各种文字的复印材料，说是一份非常非常重要的合同。他的大老板，全家已经移民加拿大了，记念着与坠子的老交情，专门从国外回来找他，想帮助他先富起来。大老板与美国波音公司签订了五百套生产机舱门的供货协议，现在就差三万元启动资金了。坠子想让齐光禄，"帮忙垫一脚，先登上去再说"。

"不管是机舱门还是机枪门，看在你过去看得起我的份上，这只三万块钱的脚，我先给你垫上，"齐光禄披衣坐在床上，上半身靠着墙，肋骨一根根地起伏着，"可是，你拿什么担保呢？"

"光荣嘛！"坠子知道齐光禄痒在什么地方，他心里燃着一把贼亮的火，眼珠油汪汪地转动着,"我拿光荣担保,可以吧?"

齐光禄一脚把被子、合同和提包蹬到地上,跳下床来,一只手提着快滑脱的大裤衩子,一只手点着牛大坠子说:"你们家就光荣还值点钱!"

八

县城通往天中镇的新大桥开工并没有依惯例举行典礼,施工队悄悄进入了工地。县政府专门成立了一个"大桥建设指挥部",我任指挥长,县公安局一名分管治安的副局长任副指挥长。后来我才弄明白,这样安排是为了好临时调动警力应付突发事件。用"突发事件"这个词,听起来怪瘆人的,其实就是指群众上访、围堵县领导、阻挠施工什么的。

在县政府常务会议上,当讨论到我这个项目时,除了主持会议的县长讲了几句话,其他没一个人发言。按理说这是一个重点项目,既关乎群众的切身利益,又有非常大的投资,应该由一个有实权的副县长当指挥长。可是在会议上，没一个副县长主动揽这个活儿。县长问，这个项目怎么办？怎么办？大家的目光唰一下都打在我身上，好像这个项目是我认领的一个孤儿，就该我负责。我看了一圈没人表态，便说，这个指挥长我来担任！好好好！一圈人用侥幸的、因为卸下担子而松了一口气的态度看着我。

　　会议结束后，我刚回到自己的办公室坐下，副主任赵伟中就跟着过来了。我问他："天中镇的事情到底有多大麻烦，大家都这么回避它？"他说："多大麻烦啊？都是吓怕了！赵县，别看您平时不吭气，关键时候真能拿出来！不过，"他拉了一把凳子坐到我对面，"您来干这个事情，未必是坏事。其一，您是女同志，人家老百姓也不会真去为难您。这里虽然民风彪悍，但是不跟女同志较劲儿。其二，您是下来挂职的，能干则干，不能干则走，谁能怎么您啊？其三，最危险的地方，其实最安全……""好了！我脑子里哪会有这么多弯儿？我问的不是这个，我问的是，这个天中镇，还有这个齐光禄什么的，到底有多大问题在里面？"

"我跟您说说有多大问题吧！"他拿起我面前的记事簿，用笔在上面划拉着，"我光说结果吧，您看看麻不麻烦？因为这件事，撤了公安局的局长、政委，一名派出所所长被'双开'后，又被当事人砍了五十多刀，剁成一堆排骨，死了！两名警察被免职，一直挂到现在，还没给人家个说法。这还不算，还有哪！县政府先后有五位分管信访的副县长受到了行政处分。到现在为止，这个案件还是国家信访局专门督办的重点案件。"

"这案件跟副县长有什么关系？"我问他。

"您来这么久了，这个您应该知道啊！"他对我问这个问题非常吃惊，"您没看，分管安全和信访的副县长都是一年一轮换。谁管这项工作的时候，只要下面出了问题，分管领导都要负连带责任，跟着受处理。比如吧前年，安徽省的一辆客车和湖北省的一辆货车在咱们县境内撞上了,死了十几个人。您说这事儿跟咱们县有什么关系啊?到末了,不是还要处理咱们的县领导?郑副县长背了个处分。对了,那天天中镇的书记说,没有一个书记在这个镇干足过两年,也是这个道理——害怕群众上访,受牵连!"

我好像有点明白,但也不是真正的明白。

下午,我既没带赵伟中,也没带秘书,让刘师傅开车去了工地。到了工地上才发现,那里秩序非常正常。工人们正在整理场地,搭建帐篷,各种机械设备也正在忙碌着。几个船工还在那儿喝茶,看见刘师傅过来,他们老远就打招呼,喊着:政府政府,过来喝碗茶!

没等刘师傅搭腔,我径直快步走过去,到了他们跟前,便像背书似的主动自我介绍说,我叫赵芫,是个作家,其实也就是个讲故事的。省里把我下派到这个县挂职当副县长。现在我又有了一个新职务,是建设咱们这个大桥的指挥长。今后我要经常来这里。不过我也是边学边干,有什么不懂的地方,希望大家多指点!

我双手合十，向他们鞠了一躬。

他们几个一下愣了，呆呆地看着我，忽然都站了起来。一个老者说："赵县长，坐坐坐！您的事儿我们都听说了，这座桥就是您跑下来的！修桥铺路可是积德行善的事儿，咱们老百姓什么时候都不会忘了您！"

我坐了下来，这才发现两条腿都是哆嗦的。其实从下车的那一刻起，心里就紧张得要命，害怕遇到"突发事件"。这么一段时间以来，周围人营造的紧张气氛紧紧地压迫着我。刚才的镇定都是装出来的，现在更是感觉到虚脱得厉害。我把他们都让坐下，转身跟刘师傅要了一盒烟，一边在心里数着一二三四让自己平静下来，一边控制着发抖的手把烟盒打开给他们分烟。其实我发现他们比我还紧张，也许不是紧张，是过分吃惊吧。看着我递给他们的烟，他们把手心手背在衣服上反复擦了好几遍，才伸着粗糙的双手接烟，并用羊一样潮湿而温良的眼睛歉疚地看着我。那时候，我觉得自己分裂成为两个人，一个忧虑万端地坐在他们中间，像一个被缚的飞蛾,在投入与逃脱之间痛苦地挣扎。一个脱身而出,站在我身边——不仅仅站在河边,而且是站在心灵的深处——静静地打量着我。说不上来什么原因,我有一种越来越委屈,也越来越别扭的感觉,真想痛痛快快地放声一大哭。

九

牛大坠子红火的时候,尽管牛光荣落个那样的结局,齐光禄也没敢打过她的主意。在这个县城里,毕竟他只是个做小生意的外地人,手里没几个钱,背后也没什么人,而且还是个残废。坠子家道中落以后,他托了一个人让他给说合说合他和光荣的事。这人先是找到坠子。坠子倒是一点都没犹豫,二话没说就点头同意了。可是说给光荣的时候,她只是摇头,也不吭气,一副决然的样子。

现在,她同不同意,已经无关大局了。只要坠子同意,只要坠子接了他的钱,什么事儿都得他齐光禄说了算。齐光禄恨恨地想。

要说他的恨也没有来由，不管他对牛大坠子怎么样，人家牛光荣也不欠他什么。况且这婚姻大事本来就是你情我愿，无论如何也勉强不得。可他不这样认为，他觉得牛光荣压根就看不起他。他把钱给了坠子没几天，就去找牛光荣。牛光荣见他进来，转身进里屋把门给锁了，把他撇在客厅里，走也不是，留也不是。牛光荣的弟弟坐在一个角落里抄写着什么，扭头看看他，连个招呼都没打。这孩子已经长成个大人了，一点礼貌都没有。他站了一会儿，觉得没趣极了，摔上门就出来了。

妈的！我是个残废，你不也是个残废嘛！还跟我穷装什么大头蒜哪！他站在楼下，看着楼上，羞愤交加。

又过了几天，他趁坠子没外出，买了三张戏票交给坠子，是省坠子戏剧团的拿手戏《双玉簪》。坠子知道他的意思，晚上好说歹说把老婆儿子拉出去海吃了一顿，然后带着他们去看戏，撇下光荣在家里看家。夜幕降临，家家户户边看新闻边吃晚饭，正是热闹的时候。齐光禄敲开牛光荣的门，这次没给她躲开的机会，像老鹰抓小鸡一样把她按倒在地，然后提溜到光荣的床上，剥光了她的衣服。他翻身压在牛光荣白花花的身上，定睛一看光荣的身子下边，心里不禁一阵发酸。床上的被子还是结婚时他送给她的那床鸭绒被。不管对她有多大恼怒，这样欺负她，是有点过头了。但是，他只是迟疑了半秒钟，一种更野的想法霸占了他：如果这时候不做一回男人，他将永远不会是男人了！

很快俩人就成了婚。本来齐光禄想办个婚礼，坠子也同意，但牛光荣死活不同意。最后，两家人在一起不冷不热地吃了顿饭，就算结婚了。

齐光禄婚后没地方去，就住在牛光荣家。日子虽然平淡，过得倒也扎实。光荣在家洗衣做饭，齐光禄天天还是去市场上卖肉。据说这个市场很快就要搬迁了，县里创建文明城市，所有的马路市场要一律取缔。城东边新建的菜市场开张以后，这边的生意明显不行了，有时候两天还卖不完一头猪。齐光禄也正打算搬到新市场去。

有一次他早早收摊回来，看见牛光荣和弟弟一丝不挂地躺在床上。他和光荣，两个人都不意外，也没吃惊，只是互相看了看。他退回到客厅里坐下，招呼他们两个穿好衣服过来。他们过来后，齐光禄平静地说："牛光荣，我知道你忘不了那个男人，也知道你是想方设法报复我。所有这一切，我都一清二楚！但是，如果你还有一点记忆力的话，你弟弟也不是你这一段时间找的唯一一个男人。"他递给弟弟一根烟。弟弟看了看他，哆哆嗦嗦接了过去。他打着火给他点上，然后自己点着，"这些，我都可以不管。但是，我跟你撂明白了，为了你爹，也为了你，当然也为了我，希望你老老实实给我生一个儿子。这是我唯一的要求！我们家几代单传，不能到我这里断了香火！否则——"他把烟在桌子上摁灭，手按在烟蒂上一直没松开，直到闻到一股桌布被烧焦的臭味,"你可别说我不君子!我相信你也听说过东北人的脾性,而且还是个曾经造过武器弹药的东北人!"

光荣听了这番话愣住了,盯着齐光禄的脸看了一会儿,眼泪突然流了出来。她已经记不得什么时候曾经哭过了。

这事过了没几天,齐光禄就把肉摊子搬进了新市场。他租了两个店面,签了十年期的合同。他有自己的打算,他不能让未来的儿子再这么穷下去。他要让儿子一生下来就有房子,有脸面。他得扩大经营规模,把生意一步一步做大。

牛光荣主动提出来,自己在家闲着没事,还不如跟着他出来打打下手。齐光禄迟疑了一下,说:"把你弟弟也带上吧,这样我们就不用雇人了。"

街坊邻居看到光荣的情形一天好似一天,话多了,说得也清楚了,有时候一天下楼好几趟,过去她很少出门。早上吃过饭,他们三个肩扛手提,一起往市场走去。光荣走在中间,齐光禄和弟弟一边一个。三个人边走边说,偶尔说点什么高兴事儿,光荣还会吃吃地笑个不停,肩膀抖得东倒西歪的。

十

那天我与几个船工师傅聊得甚是愉快。在他们的回忆里,沉没在岁月深处的某些东西慢慢显影了。那些影像虽然已经泛黄,模糊得像沉在水底,但已经被赋予了生命,在我心里慢慢鲜活起来。

他们嘴里的牛大坠子,是一个难得的好人。"像他这么好的富人已经绝种了,真是绝种了!"刚才跟我说话的那个老者摇着头对我说。我很吃惊,一般像他这样年纪的人,说话应该不会这么凌厉了,"只要他有一口饭吃,就不会让我们饿肚子。他自己宁愿啃窝头,也得让乡亲吃饱。为什么这个镇子里出去这么多人,光将军就十几个。有的人门槛不管多高,从来都没人踩过,他家天天跟过年一样，都是咱镇里的人。有一次我孩子患绞肠痧，疼得受不了，半夜去找他。他披着衣服就领着我往医院跑，所有花费没让我掏一分。"

还有一个船工回忆了另外一件事，那时候坠子还没当老总，他为孩子分配的事情去找他。女儿大学毕业，想留在县城教书，托不到合适的人，最后找到了坠子。坠子说，你谁也别找了，就在家等信吧！不久女儿分到了县直二中。"后来听他们说，最少得花一个数。"他在我面前晃动着伸不直的食指，"您想想，那时候一个数值现在多少？我就是把全身零件都拆下卖完，也不值这个数！所以现在每到清明，我先去给他烧炷香，再去祭拜父母。人不能忘恩！"

有人对齐光禄的评价很有意思，"是个汉子，就是太拗，他认准的事儿，你就别想扳过来。不过，咱得承认出手太重了！把人撂倒正好，仇也报了，气也消了，两不找，您看多合适是不是？嘻！这个倔种，何必再砍那么多刀？明明是咱们有理的事儿，这几十刀剁下去，让人家看起来好像咱们就是杀人不眨眼。你这样，人家判的时候，咱们就吃大亏了不是？"——话说得好像跟齐光禄是同案似的。

有人附和道："赵县长，您得评评这理儿。虽然国家大法说杀人抵命，但也得考虑齐家的情况不是？齐光禄他爹的尸骨都找不到了，他又是单传，没有个后代，把他枪毙了不是让人家齐家断后吗？"

我们第一次来见到的那个青脸汉子不同意他们的看法。他认为"那个派出所长，杀他一百次都不亏。他干的就不是人事儿！光荣那闺女，见人不笑不说话，很知道跟老家人亲。他说毁就给毁了？咱三千多口天中镇人会答应不？不过话说回来,这公安上就没几个好东西，都剁碎了也不解恨！"

趁他去旁边提开水瓶，有人小声提醒我说，他儿子因为赌博，被抓进去过好几次。

我想引导他们回忆一下，牛光荣没进城的时候在老家是什么样子。我总觉得在周围人的陈述里，她的形象是那么稀薄，像个符号，连喜怒哀乐都那么不真实。

他们只是说这个闺女好，真是太好了，但是连一件具体事也说不上来。她不大跟别的孩子玩儿。在学校也没听说成绩有多好。"她娘很厉害，除了上学，就不让孩子出门。打孩子手也狠，有时候满街筒子撵着打她。平时这孩子看见人就躲老远。"

我想想，他们刚说了牛光荣见人不笑不说话，怎么又这样躲着人？忍不住想提醒他们，后来看看大家都没在意，就算了。已经过去那么多年了，有些细节哪能记那么准？不过我又非常纠结，整个事件不都是靠细节串联起来的吗？

"光荣这个弟弟是个好样的，跟光荣比亲弟弟都亲！"一个船工说，"光荣她两口子出事之后，他弟弟带着母亲回咱们镇上就住下不走了。他在十字街口当街跪下，说，从今往后，我生是天中的人，死是天中的鬼！要是不给姐姐姐夫报仇，大家就把我当成个畜生踩成肉泥，扔河里喂鳖！就这一点，我看比坠子还有血性！人家一个七不沾八不连的外人都这样对待坠子一家人，您说我们不跟着他们去讨个说法，还是天中的人吗？"

我想象着那个情景，在濛濛细雨里，一个单薄而苍白的少年跪在十字街头，紧握双拳，心里默念着为亲人复仇。简直就是美国西部片的一个经典桥段。

他们几乎异口同声地说，老百姓之所以闹事，是政府处理这个事件太没道理。不公平，也不能服众。当初公安上抓牛光荣，逼迫她要么承认齐光禄强奸她，要么承认她自己卖淫，必须二选一。最后光荣忍辱承认自己是卖淫，被劳教了小半年。这边光荣才出来，那边齐光禄又被抓进去了。公安上怎么能出尔反尔？听说后来的那个公安局长，跟齐光禄杀的所长是老朋友了。这不明显是报复老百姓吗？光荣除了以死相拼，还有什么活路？我们不去跟着上访，把这老理儿给捋直了，还靠什么报答人家坠子？

十一

齐光禄他们的店面位置并不是很好,处于菜市场中间部位。新建的市场横穿半个城区,从东到西走一趟差不多要半个小时左右,所以除了闲得没事干的人,很少有买菜的到中间这个位置来。好在齐光禄有这么多年的销售经验,知道薄利多销,酒香不怕巷子深的道理,卖出的猪肉质量高,价钱也公道,生意还能勉强维持下去。而他两边的商户,有的关门,有的则改成加工作坊了。

后来发生的一件事既改变了他的生意,也改变了他的人生。县政府基于创建卫生城市的需要,决定对老城棚户区进行改造,这样就需要开出一条新路纵穿市场。齐光禄的店面正位于新开出的道路旁边,临着两条大街,从鸡肋变成了寸土寸金的黄金地段。

果然,道路打通以后,他们的生意好得不得了。牛大坠子听说之后,还带着光荣的后妈专门来看了一趟。坠子背着手，边看边点头，他看见肉案上是一把普通刀，问齐光禄："怎么用这么小的刀！我给你的那把大刀呢？"齐光禄说："大猪用大刀，小猪用小刀。现在还没碰见那么大猪。"坠子哈哈笑了，说，操练操练，我看你手段如何？齐光禄扛过来半扇猪平在案子上，横着五刀，竖着三刀，一十五块猪肉码在案子上甚是齐整。"好！"坠子左右挥着肉乎乎的大手，"今后啊，你们以这个为根据地，可以搞几家连锁店。一旦成气候了，咱就建设自己的肉联厂，养猪场，冷冻厂。至于投资嘛……"后妈打断他的话，说，这么好的位置光卖猪肉真是太可惜了，建议他们增加牛羊肉，再搞深加工，做一些熟食，腊制品和肉馅之类的产品，也可以附带卖一些煮肉的大料，调味品之类，这样人家来的时候就不止买一样东西。既方便了顾客，也扩大了经营。

坠子说，就是！我就是这个意思嘛！

于是他们又雇了两个人，专门负责进货和加工熟食制品。齐光禄和弟弟在店内各负责一头。光荣负责收银，打理铺面。两间小店收拾得干干净净，温温馨馨，很有居家的感觉。光荣把生、熟、腊制品分成一个个大格子，像公用电话隔间那样隔开，一来看着好看，二来也方便顾客拣选，互不影响。两间房子的结合处是一根支撑梁，光荣让弟弟靠着梁柱摆了一个小茶几，两边摆了几把小凳子。茶几上摆着应时的茶饮，夏天是甘草二花，清凉解暑。冬天是枸杞黄芪，补气去浊。街坊邻居的大叔大婶买了菜，可以坐下来歇歇腿脚，聊会儿大天。还有些耐不住寂寞的老人，专门到这里来找人摆龙门阵，一坐就是大半天，外人看起来这里一天到晚都是热热闹闹的。这里还是保姆们接头的地方，一说到哪里碰头，便说十字街肉店。有的保姆想办点私事，也会把孩子托付给光荣。

光荣已经基本痊愈了，这一两年的时间里她的病没再复发过。说话没障碍了，现在还喜欢上了唱歌。柜台里摆着一个小音响，一天到晚播放着流行歌曲。有什么新歌，那些保姆们会主动给她送过来。顾客少的时候，她们还会叽叽喳喳跟着唱一阵子。有一次，一家企业为了宣传自己的产品，在老体育场搞了一次卡拉OK大赛。光荣在弟弟的撺掇下，斗胆上去唱了一出。虽然没有获奖，还是让她兴奋了好长一段时间。

  那天傍晚，他们正准备收拾东西打烊，一个戴金丝边眼镜的白面书生走了过来。他一脚门里，一脚门外就开始问："谁是当家的？"齐光禄赶紧迎上去让座，递烟倒茶。那人先低头看了看凳子，然后又上上下下把齐光禄看了个遍，并没坐下来。他从兜里掏出一张名片递给齐光禄，哑着嗓子低声说："小事儿，站着就说完了——这是我的名片。"齐光禄接过来看了，是县天宇电脑公司的经理，叫张鹤天。齐光禄一脸迷茫地看着张经理，他们的生意跟电脑怎么都扯不上关系。张经理见他诧异，用中指推了推鼻梁上的眼镜，还是压低声音不紧不慢地说："是这样的，电脑生意我做烦了，想改一下行。看你这里生意不错，你开个价，我想把这个铺子盘下来。"

齐光禄的迷茫变成了惊愕,他张着嘴半天合不上,扭头看了一下光荣和弟弟,他们两个还在埋头收拾柜台里的东西,没听见他们在说什么。他又扭头看了一下大街上,街上车水马龙,市声喧嚣,丝毫没受他们谈话的影响。齐光禄下意识地咽了一口唾沫,说:"我可是签了十年的合同……"白面书生没等他说完,提高声音说:"合同是人签的,人也可以废!这事儿就这样吧,我还有事!一星期后我来接房子!"说罢扬长而去。

后面这句话光荣和弟弟听到了,他们停下手里的活儿,疑惑地看着齐光禄,不知道刚才发生了什么。

十二

天中县的县域图看起来非常有意思,像个顽皮的孩子,细长的身子弯曲着,头插在淮河里,顶着安徽。脚踩着大别山,蹬着湖北。

屁股坐在平原上，拱着河南。不过，可不能小看她怀抱着的三条大河，条条都有说不完的故事，开国将军有一小半都是从这里蹚水杀出去的——这里是著名的鄂豫皖红色根据地，过去属于古中原的版图，人民一直到现在还保守着我远古先民的遗风，性情彪悍，宁折不弯，认准的道儿一直走到黑，到死都不会改辙儿。据说周围几个县的暴力犯罪案件，按人口比例算，在全国都是最高的。这里的人性情暴烈，风景却是非常柔美，天蓝水清，一年至少有三百六十六天空气质量可以达到优良。

　　头天晚上学弟给我打电话，说要过来看看项目进展情况。我说，看项目是假，看风景是真吧？他笑了。我又说，不管别的项目是真是假，你姐可是从来不含糊的。然后，我问他过来之后怎么安排。他说："公事公办，私事私办。我这一条小命喝醉之前交给党，喝醉之后交给我姐你。既然你说看风景，那我也不能枉担这个罪名。"

　　听说他过来了，书记县长都放下所有的工

作陪他。虽然学弟职务不高，只是一个小小的副处长，但他是具体负责项目的，所以下面的人都很抬举。

说是看项目，其实大家都明白是怎么回事。基层对上面检查都有一套应对的程序，也知道所有的检查都是准备的时间长，看的时间短，只要把面子活做好看就行了。这个项目我专门安排赵伟中不能搞形式，是什么样就什么样。可书记县长知道后，连夜让办公室发了通知，要求提前把工地整理好，插上彩旗标语，看起来要热火朝天。

学弟过来后，我们一群人浩浩荡荡地从县城这边上了河堤，看了不到十分钟就下来了。学弟很满意。书记县长用赞许的眼光看着我，松了一口气。这么大一个工程，他们俩都是第一次来现场。

中午四大班子一把手全部出动宴请学弟。他喝了不少酒，但是看起来还很清醒。程序走完，时间也差不多了。他开始踩刹车，说，今天的公事到此为止，剩下的时间由我姐安排，你们都不要管了!

　　下午我安排学弟上大别山喝茶。那里远离尘嚣，是个说话休息的好地方，我也知道他疲累的身心需要充充电。出了县城往南不远便是山区，我只带了秘书和司机，没让赵伟中跟着，主要是顾忌他的小聪明会让学弟嘲笑。学弟也只带了一个司机，路上他坐我的车，让司机在后面跟着。走到山脚下，发现还有一辆车等着我们。学弟说，站在车旁的人是在邻县挂职当副县长的一个校友，叫周友邦。我想起来了，刚下来挂职的时候，曾经与他通过几次电话，但是没见过面。

　　上得山来，心情大好。大别山绝对是一个天然氧吧，周围几个县解放前穷，解放后还穷，都是国家级贫困县。县里没什么工业，所以也没有污染。这些年山上种茶，老百姓刚刚过上了好日子。县政府在山上建了一座宾馆，条件达到四星级，专门用来接待上面的领导。

　　坐在山顶茶室，举目四望，可以看到鄂豫皖三个省的地界。斜阳夕照，山下红顶白墙的农舍历历在目，一时间似有恍若隔世之感。我们喝茶聊天，信马由缰。在省城的时候我就很喜欢这个学弟，他知分寸，懂进退，敏感和聪慧好像是与生俱来的，不管大小场合都能应付得滴水不漏，而且从来不让人感觉到不舒服。他有时世故得令人不可思议，据说有一次他们单位搞年终测评，一百八十多号人，有他一张反对票。他硬是用了半年多时间，把这个人筛出来，俩人后来成为朋友。然而他又很善良，对下面跑项目的人不但从来不刁难，而且想尽办法帮人家把事弄成。但他也相当圆滑，有一个县的书记好大喜功，给了他几个项目，都做得不伦不类。后来他再来要项目，学弟把项目库的大门关得严丝合缝，一个都不给。不过，每次他走的时候，学弟总是亲自下楼把他送到车上，握着手不松开。书记说，处长，你只要一握我的手，我就知道这事儿又黄了。今年你已经跟我握八次手了，我连项目的毛都没看见！

　　学弟在车旁点头赔不是，说，下次再说！下次再说！

喝茶的时候,我和周友邦一屉一斗地抖搂他这些糗事。他只是抿着嘴笑,并不答言。后来说着说着,我怎么不自觉地扯到了牛大坠子一家人身上。可能最近一个时期这些事情一直在纠缠我,让我脱不开身。前几天我还做了一个梦,梦见我带着牛光荣去看病。飞机开始说去上海,怎么走着走着又说去新加坡。在穿越马六甲的时候,遇到了强大的气流。飞机掉头往下落,好像有一股力量拽着。我听见有人高喊着下去了下去了!扭头一看,不见了牛光荣,我吓得出了一身冷汗。

我的故事还没怎么开始,周友邦就说:"你说这个事情我也知道,据说那一家人很不好惹。到现在你们县屁股还没擦干净,每次市里开信访稳定会,总是点名批评你们。""这家人不好惹?"在县里,从来还没人这样说过,"怎么个不好惹法?""据说这家人,父亲是个骗子,还是当地一霸。听说有一次差点把县政府的宾馆给点了。女儿女婿谁也不管谁,都在外面瞎胡混。只是可惜了被杀的那个派出所长,死得有点太冤枉了!"我很惊诧,他好像知道的比我还详细,"说实话,我们也常常在一起议论,因为这个案件处理了几个干警和县领导,不合理。反正只要老百姓闹事,不管他们有没有理,先把我们的干部处理了,把群众的情绪压下去再说!没下来挂职之前,我还真不知道基层干部这么苦、这么难!"

不知道这是我听说的第几个版本了,但我认为是最不靠谱的一个。我问他是从哪里听来的。他说:"我们县有好几个干部,是这个派出所长的同学,对他的评价都相当高。每当他的忌日,同学都去看望他父母和留下的一个女儿。对了,你们县当时处理的那个公安局长,就是从我们县调过去的。他也是个人才,可惜了!"

"你这是道听途说,不了解真实的案情,"我满有把握地说,其实说完就知道自己用词不当,难道我的信息不也是道听途说?"你真不知道这一家人有多可怜!"

"那是!那是!"周友邦摇晃着杯子,看

着杯中的茶叶在水中翻滚,"听来的东西毕竟不是很可靠,何况是很多年前的事情了。"

"姐啊,"学弟插话道,"你是一个小说家,而且过去的作品也都喜欢同情弱者,总认为弱者必对,强者必错。难道你忘了'可怜之人必有可恨之处'这句老话吗?你弟我——"他点着茶几,笑着看着我,"对下面的人来说是个爷,对上面的人来说是个孙子。你说我是强者还是弱者?该同情还是该批判啊?"

"也不是同情谁,"嘴里虽然犟着,心里还是有点虚。最近有几个评论家确实指出我这个缺点,"总要有人替他们说话吧?"

"这是两码事。就像我们上山喝茶,我们是奔着茶叶来的,可是喝到最后,把茶叶都扔掉了,因为茶叶不过是一个形式。我觉得——当然了,我这是顺嘴胡说,你别介意啊姐——一个小说家要有穿越情绪的能力,要找到苦涩背后真正的味道。是不是,姐?"

十三

在中国的社会结构中,县城是一个非常独立的单元。往下说,乡镇的人小而稀疏,很难形成一个共同的生活群体。往上说,省市的人多而分散,串联在一起也很难。唯独县城不一样,县城的人上下层层叠叠,左右盘根错节,牵一发而动全身。比如办公室副主任赵伟中,他是政协副主席的女婿,他妹子是人大主任的媳妇,妹子的小叔子娶的是组织部长的小姨子……我相信,如果这样深挖下去,估计小半个县城都能拢在一起。

然而,这种盘根错节的关系,总会把一部分人排除在外。这些被排除在外的人,像碎屑一样散落在县城各种各样的罅隙里,成为这个区域灰色色调的一部分。对于这些人而言,县城不管多小,都算是大得无边无际。齐光禄和牛光荣他们的感觉就是如此,他们认识的人很少,认识的事也很少,既没亲戚也没朋友。要说一个卖肉的,并不需要这样的关系。可那是没摊上事,如果摊上事,尤其是摊上大事就很不一样了。

天宇电脑公司的张鹤天来过没几天,又过来一个年轻人。这人戴着黑框眼镜,打一根红得像西瓜瓤一样的领带,看起来像个账房先生。他过来直接点名找齐光禄说话。齐光禄把他让坐在门口的小茶几边,赶紧把烟掏出来让过去。那人接过烟放在茶几上,从包里掏出一沓纸看了看,又放回了包里。他把包放在眼前,两只手交叠着压住,问齐光禄道:"今天什么日子你知道吗?"齐光禄说:"天天睁开眼就是卖肉,哪看过日子?"那人说:"整整一个星期了,张总说的事情你考虑好没有?"齐光禄明白了此人来意,想了一下说:"没考虑。这店我们不转让。"那人把两只手放在包上,交替着用力地握来握去,干咳了一声,提高了嗓门问道:"真的?"齐光禄笑了笑,眼皮都没抬,自己把烟点着,也没再让他。那人握了一阵子手,点着头说:"转让不转让,估计你说了不算！""那谁说了算？"齐光禄把烟屁股捏在手里来回转着，吐着烟圈。那人并不答话，把包拿在手里，瞪了齐光禄一眼，出去了。

出了门口，齐光禄听到他低声嘟囔了一句，真不识抬举！齐光禄把吸剩下的烟蒂吐到门口，用脚跐灭，回到店里继续干活。

那人没走多久，房主就找上门来了。平时齐光禄和房主的关系不错，这人过去是开烟酒店的，赚了些钱，买了这几间门面房。他是个老实人，齐光禄有时房租一时不凑手，他从来没催促过。这次过来看见齐光禄，他现出一脸的为难。没待他开口，齐光禄心里已经明白了。齐光禄说："刘大哥，到底怎么回事？"房主看看周围没人，俯在他耳边低声说道："你知道要这个房子的是谁吗？""谁？"齐光禄问。"城关派出所所长的小舅子，原来也在公安上干，因为喝酒伤人被开除了。这人百事不成，就是能混。他姐嫁给所长后，他现在成了县城的一霸，没人敢惹……"房主往外扫了一眼，突然恼怒地抬高声音，说："这事就这样定了！

你同意也好，不同意也好，反正月底前我是要用房子的！"

齐光禄扭头看去，发现刚才那人在马路对面站着，一只手支在下巴颏上，正盯着他们两个看。他一把把房主搡出门外，指着他高声骂道："你别他妈的狗眼看人低！我一没伤你的房子，二不欠你的租金，凭什么说收就收走？我跟你说，除非把我们三个劈碎当柴烧了，否则谁也别想从我手里把房子弄走！"

房主又怒气冲冲地跳到屋子里来，从怀里掏出一沓纸，拍到柜台上。光荣和弟弟也连忙从柜台里面跑了出来，站在齐光禄身后。齐光禄看到这沓子纸正是刚才那人拿出来的东西。"你老老实实规规矩矩把这个东西签了，咱们两清！否则，你走着瞧！"房主点着齐光禄的脑袋说。齐光禄低头看那纸上打印着"解除租赁合同书"几个黑体大字。趁齐光禄低头的当儿，房主捏了一下齐光禄的腿，小声说："兄弟，胳膊拧不过大腿，赶紧撤了算了！"齐光禄闻听此言，抓起合同摔在身后剁肉的案板上，拿起切肉刀顺手一刀砍过去。合同牢牢地钉在刀下，立即被案板上的血渗透了，像一道血淋淋的伤口。

随后的一个多月，再也没人来打扰他们。齐光禄觉得事情已经过去了，所以店里又添了几个卤菜新品种，还与一家做"西安白吉馍"的谈妥，在他店铺门口设一个专卖点儿。

出事那天晚上六点多，齐光禄他们正在家里吃饭。下午他们很早就收工了，这天是光荣的生日。齐光禄让弟弟专门去买了几个熟菜，定了个大蛋糕，用大红的盒子装着，还没切开。齐光禄给光荣倒了一杯橘汁，咬开一瓶老酒，跟弟弟俩一人一茶杯满上。正边说边喝热闹着，忽然听得有人敲门。打开门来，看见四个警察站在门外。打头的一个满脸胡茬的警察问："齐光禄牛光荣是住在这里吗？"齐光禄点头说："是。我就是齐光禄。"警察说："你和牛光荣都出来，跟我们到派出所走一趟！"

下　部

十四

　　这些年，牛大坠子的日子说不上好，也说不上不好，反正有吃有喝，也没消停过。两口子各忙各的。坠子的活动区域主要围绕着北京附近，按他大老板的说法，那里是天子脚下，遍地都是钱，就看你会拣不会拣了。坠子老婆的活动区域主要在长江以南，那里中小企业多，老百姓也富庶，产品相对好销得多。俩人逢年过节回来聚聚，也不互相打问对方的情况。反正坠子往家拿钱的时候少，往外拿钱的时候多。齐光禄私下里跟光荣弟弟开玩笑说，不知是他骗了人家还是人家骗了他，没见他富过，也没见他穷过。弟弟说，就他那心眼，跑个龙套还差不多。要搁事儿上，人家不把他零卖就算便宜他了！

　　要说现在的日子确实比以往好多了，也不

需要他往家拿钱。齐光禄的店子兴旺,三个孩子意气风发,日子眼看着越来越往高坡上走。坠子心里暗自高兴,等过两年光荣生了孩子,再买一套房子,他就准备和老婆在家看孩子养老了。

不过,与过去背着提包到处跑的日子比起来,他还是明显看出来老了,说话的嗓门低了,走路也比过去慢了半拍。腿脚不行,往哪个地方坐下去,扑通一声,像扔一麻袋粮食。男怕穿靴,女怕戴帽,男人腿脚一不行,那就没几年好日子过了。

他这几年到底在外面干了些什么,光荣从来也没问过。从小到大,她跟父亲之间就没有说过正事。弟弟就更没法问,这个半路杀出来的爹,更多的时候就像个房客,他倒是像个房主。齐光禄本来就是个话寡的人,他觉得现在和坠子谈这些,跟伸手向他要钱差不多,所以也不主动提及。管他干什么?他只要自己高兴就得了。每次回来,齐光禄就知道劝他喝酒。有时候喝大了,坠子会主动说起自己在外面的

"工作"。前几年，帮助南边的一个市政府跑核电厂项目。中国准备大力发展核电事业，电视上也多次说到过。这个地方水多，山也多，就是人少，最适合发展核电——他用筷子在桌子上曲曲弯弯划拉着说。

但是这些事儿离一个卖猪肉的小民，毕竟是远了点儿。离他们最近的，还是眼下的酒肉。齐光禄只管为他夹菜让酒，偶尔想起他教他剁肉时的风光，禁不住有点黯然。人，掐头去尾没几年好活头，这是他爹活着的时候说的。他跟坠子在一起的时候，总是想起自己的爹。爹一辈子献身共和国的国防事业，到老了却死无葬身之地。军工厂没有墓地，从东北来的这些老工人，死后要么把骨灰寄回东北，要么就在军工厂后面的一块废地里埋了。他家世代单传，老家已经没什么人了，所以只能就地掩埋。大集体的时候，这块地三不管，所以也没出现过什么纠葛。后来分田到户，农民就和工厂争夺土地，三天两头把老工人的尸骨扒出来，扔得遍地都是。也不知道谁是谁的了，不是胳膊短了一块,就是腿少了一截,厂里也没人过问。

坠子说,从去年开始,他又帮助本地市政府跑一个水库项目。他对齐光禄说,这是他这一辈子最有意义的一件事,也是最靠谱的一件事。齐光禄并不当真,在他嘴里,哪一件事不是最靠谱的?他一直说,人这一辈子一定要干一件惊天动地的大事,谁见过?不过,为建水库这个事情,其间国家水利部还来过一个副司长,在县里住了好几天。坠子前后陪着他,忙得连回家看一眼的工夫都没有。

国庆节坠子回来,爷俩又坐在那里碰杯子。齐光禄问起这件事。坠子说,已经基本批下来了,咱们这里是淮河上游,连一座像样的水库都没有,只要周围下大雨,淮河非淹不可,这里就像个"洪水招待所"。现在连国家领导人都意识到这个问题的严重性了,过去咱们这里收留红军,现在收留洪水,这哪儿成?所以国家下决心要修水库了。"先给二十个亿,移民!"坠子把筷子颠倒过来,沾了点酒在桌子上写了一个"2",然后数着往后面添"0"。"二十亿！"齐光禄默默念叨着，心都是花的，不知道这二十个亿摞起来该有多高多宽，估计他们这套房子连卫生间算上都装不下。

水库移民没开始，他们家的"移民"却已经迫在眉睫了。那天，坠子收拾好东西正准备离开家，被金豫宾馆一个姓孙的老职工堵在家里。坠子干厨师的时候，这个老职工跟着他打过下手。后来坠子当了经理，让他当采买，还给了顶供应科长的帽子。俩人交情不浅。

坠子把来人让进屋，倒了杯热茶，顺手把软盒中华烟拍在桌子上。来人倒也没客气，烟点上，茶饮上，便开门见山地把张鹤天要租齐光禄门面的事和盘托出。这事坠子第一次听说，齐光禄没跟他讲过。听完之后，他沉吟了半天，问："光禄是什么意见？"

来人说："要是他同意，我还麻烦您干嘛？看您天天忙得脚不沾地，我怎么忍心打搅嘛！"

"你的意见呢？"

"牛经理，您啥时候见过茶盅大过茶壶？

现在这世道儿，就比谁的腕子粗啊！"来人一口把中华烟吸进去半截，闭着嘴看着坠子，烟柱半天才像瀑布一样喷出来。隔着瀑布，坠子觉得他的目光越来越远，也越来越陌生，"如果有一点可能，牛经理，我胳膊肘会往外拐吗？"

坠子的眼光落在自己手背上，那上面布满了一块一块黑青色的老年斑。他想起齐光禄红红火火的肉铺，想起他过去的金豫宾馆，眼里心里蓦地塞满了打火机。坠子的眼睛有点热，他忍了忍，仰头说道："三弟，咱们俩打小就没划过地界儿，我知道你也不会刨我的台根子。但你也清楚我的难处，你看我这一辈子是怎么过来的？年轻的时候对不起爹娘，到了中年对不起老婆闺女。现在我老了。老了老了，除了落个死还能落下什么？所以，我不能再对不起女婿了，否则就没脸披一张人皮在世上混了！你说呢，孙科长？"

十五

下了楼,牛光荣才发现下面停了两辆车。她被塞进一辆白色警车,齐光禄被塞进一辆黑色囚车。齐光禄那辆车不知道开哪里了,她坐的车子直接开到了派出所。两个警察把她弄到一楼的值班室,只进行了简单讯问,便把她带到旁边的一个小房间。进去之后她发现房间里还套着个大铁笼子,她就被锁在铁笼子里。这是一间囚室。

等眼睛适应了周围的一切,她发现笼子里还有两个人蜷缩在一个角落里,不认真看还以为是两个包裹堆在那儿。那两人把头埋在胳膊窝里,头都没抬一下。光荣并不害怕,也没有多少紧张,只是觉得浑身冷,口也干得厉害。虽然她并不明白发生了什么,但是知道自己和齐光禄并没做过什么违法乱纪的事情,因此心里也就很坦然。她想着肯定是弄错了,等问清楚了很快就会把她放出去。

她靠着铁栏杆坐下来，一会儿便迷迷糊糊睡着了。刚要进入梦乡，一阵窸窸窣窣的声音又把她弄醒。她看见那两个人在找东西吃，其中一个人从身边脏兮兮的包里掏出两个馒头，递给另外一个。她这才看清楚是一男一女，年龄都不小了。他们是什么人？捡破烂的盲流？拐卖妇女儿童的骗子？要么是小偷？反正不是好人，要不怎么会在这里面！

那两个人一边吃，一边瞪着她，眼睛里满是不屑和挑衅。那样的眼光让光荣特别受不了，她长这么大从来没遭遇过。他们为什么这样看我？她心里忽然泛上来一阵酸楚，她想，我在他们眼里是什么人呢？肯定也会觉得我不是好人，好人怎么会被关在这里面？

可是，谁有这么大的能力，说你不是好人，你立马就变得不像好人了？这到底是怎么回事？

光荣急出了一身冷汗，想得脑子都疼了。有很多东西在她的脑子里来回翻腾，一切都变得眉目不清了，迷迷糊糊，黏黏乎乎。她发现自己的口水又流了出来，已经很久很久没有这样了。她想向他们解释一下自己目前的处境，发现自己的嘴一点都不听使唤。她努力使自己镇定，可是越急越烦躁。她这才明白，自己刚才的不怕都是装出来的。

估计那两个人对她也烦透了，挪动了一下位置，离她更远了。男人站起来，边打嗝边朝角落一只塑料桶里撒尿，丝毫也没顾忌她的存在。虽然都被关在笼子里，但是在他们眼里，她因为势单力薄而更软弱可欺。弱者对弱者的歧视是最张扬的，毫无顾忌。

第二天，派出所人来人往，大半天都没人搭理她。快到吃晚饭的时候了，才有一个穿便装的人给她送来一个鸡蛋、一个馒头和一瓶矿泉水。她仔细看看，认出这人是带她过来的那个胡子。她快饿坏了，也顾不得那么多，从胡子手里拿过东西就吃，谁知只吃了一个鸡蛋，就再也没有胃口了。胃里全是酸水，一打嗝整个鼻腔都是酸的。她不知道齐光禄在哪里，家里现在怎么样了。不知怎么的，她突然想到了爹，这个她从小就可有可无的人，对她来说意味着什么呢？从来没问过一句她怎么样，需要什么。她在外面挨了骂，磕破了脑袋，书包被人夺去，反正不管受了多大委屈，他从来没有安慰过她。现在就更不会管她的事了。

晚上十点多，胡子和另外一个警察进来，给她铐上手铐，提到二楼一间灯火通明的办公室。两个人一个坐进沙发椅，脚跷在办公桌上。一个斜靠在桌子上，手里夹着一根烟。她不知道他们是什么身份，他们也没介绍自己是谁。

"牛光荣，"说话的时候胡子并没把烟从嘴上拿下来，"你知道我们为什么把你弄这里来吗？"

"不知道，"忍了几忍，牛光荣的口水还是流了出来。

"我们是来替你伸冤的，只要你好好配合我们。"烟夹在嘴角，随着胡子的嘴一起一伏，好像是他身体的一部分，"你把齐光禄强奸你的事，好好说说！"

牛光荣觉得自己的头一下大了。强奸？

她在稀薄的记忆里，努力打捞着这个词语所包涵的内容。那些事情即使残存在她的记忆里，也被她擦抹得差不多了。那个喧嚣的夜晚，她徒劳的挣扎，以及后来一次又一次的背叛，有多少个男人经过她的生活……她是被齐光禄的哪句话打动的？对了，孩子！他认真地告诉她说，他只想要个孩子！她更想要，这是她的病，也是她的药。她的孩子，曾经在肚子里孕育过的孩子，怎么说没有就没有了？她伤心得死去活来，可是再也没有了。现在，有一个男人要跟她一起生个孩子，这个想法让她感动得一塌糊涂。

"到底有没有这回事？"

"有，但是……"口水汹涌地流出来，她语不成句。

"你必须向我们说清楚，齐光禄是不是对你实施了强奸？"

"不、不是！"

"那好！"坐在办公桌后面的那个人突然站了起来，十指按在桌子上，"牛光荣，我再问你另外一件事,你坦白交代,你与多少男人发生了性关系?"

"……"

"牛光荣,对你和齐光禄的犯罪行为,我们已经掌握了足够的证据。事实是清楚的,证据也是确实充分的。你既不要抵赖,也不要试图蒙混过关。"那个人慢慢地逼近她,从他嘴里冒出的混合着酒精、烟草和其他说不出来的怪味道喷在她脸上,"现在摆在你面前的只有两条出路,要想保住你自己,就必须承认是齐光禄强奸了你,而不是你自觉自愿地与他发生性关系;要想保住齐光禄,你就得承认自己卖淫,包括与齐光禄和其他男人发生性关系,都是你自己主动勾引他们的。不过,为了体现我们的宽大政策,这两条路任你选。怎么样?对于我们这样的人性化办案,你还有什么要求?"

十六

不得不承认,跟着我的办公室副主任赵伟

中是个非常通透的人。我一直以为他是小聪明。可是，小聪明能办大事。我觉得他的敏感程度和处理实际问题的能力远远在我之上，也在很多副县长之上。遇到一件突如其来的事情，他很快就有几套解决方案，而且轻易就能从中找到一个最妥帖的。即使不能当下解决，他也能找到拖下去的办法。我脾气比较急，有时候对分管部门的局长们忍无可忍，会说几句难听话。他总能事后在私底下把事情摆平，而且不留后遗症。

对于与下属的关系怎么处理才合适，我曾经非常困惑，也多次征求过他的意见。他反复告诉我，不能着急，时间会解决一切。开始我觉得这不过是一句套话，可是下来待得久了，果然觉出时间的厉害。我刚来县里的时候，既不好参加下面的"活动"，也不好跟无关的人员拉扯，有点空闲时间还想读书写作。可是到年终测评的时候，我的得分虽然不是最低，但是也不很高，挂在考核表上很不好看。我很苦恼，不知道问题出在什么地方。我把他喊过来，说了一句特别情绪化,也特别不着四六的话,我说:"赵伟中,你说说这在基层工作,想清静一点是不是也是一桩罪过?"他说:"赵县长,这事儿不用急。既然已经这样子了,千万千万不能再刻意改变自己。是什么样就是什么样!保持自己的本色,时间会解决问题的。"果然,大家和我相处一段时间,也认可我了,有很多人主动接近我,再也不用互相设防了。

有一次,他小舅子从美国回来,他问我可不可以陪吃个饭。我立即就答应了,这是他第一次跟我提个人要求,他时时刻刻都知道自己在什么位置上。据说他小舅子是个名人,中央台的《致富经》栏目还专门介绍过他,说他是中国的"竹编大王"。刘师傅也跟我说起过,他上大学的时候就是个生意通,每逢假期,从省城图书市场上买几十本盗版书背回来,在县城卖,赚的钱够一学期用的。那时候他父亲还没当上县政协副主席,还有人说他父亲的这个职位,沾了他不少光。大学毕业后,他去了一家外贸公司,在广交会上跟着人家当翻译,发现了竹编这门生意，于是就辞职跑回来办了一个竹编厂。大别山漫山遍野都是竹子，人手更不缺，厂子很快就成了气候。后来他跟一个美国人合作，把生意做到了美国，一家人都搬去了美国。

晚上的饭局安排在县城北部的农家饭庄，赵伟中知道我喜欢那里的清静。赶到的时候，我发现他的两个亲戚、人大主任和政协副主席都在，心里有点不舒服。但我还是像往常那样跟他们礼节性地寒暄。赵伟中的小舅子看起来很精神，穿了一身运动服，说话高声大嗓的，不像他爹那样唯唯诺诺蔫里吧唧的，一看就是个爽快人。

估计赵伟中也看出了我的不快。他先把我让坐下，然后很自然地说道："赵县长，本来我不想让主任和主席他们两个来，怕给您添麻烦。谁知他们一听说是请您，把所有的事情都推掉了，非来不可！我想了想，也没跟您请示就答应了。"他故意停顿一下，意味深长地笑着看了一下他们两个，"赵县长，在县里工作，最难的就是能得到人大政协这些老同志的认可啊！可见您的能力和人品了。"

这话说的！我突然觉出自己的小器，不就是吃个饭嘛！赵伟中的话滴水不漏，而且正在点子上，说实话我也爱听。我和主任主席推让了一番，坐了上座。他们俩坐我两边。赵伟中和小舅子坐对面。

喝了几杯酒，话匣子大开，话题自然转到了小舅子在美国的事业上。小舅子讲到，咱们国人在国内千般万般不如意，那是没出国。到世界各国看看，哪里有中国好？他突然转向我说："赵县长，让我回来跟着您打个杂吧。在美国不管赚多少钱，都跟要饭差不多！"

我知道是个玩笑，可这个话头我没法接。我虽然跟着作家代表团去过几个国家，那都是走马观花，很难接触到别的国家真实的一面。美国我也去过，楼没有中国高，路没有中国宽，广场也没有中国大……反正我也没觉得哪比中国好。

他的父亲，政协副主席一本正经道："赵

县长不跟人开玩笑。"

他拍了一下脑袋,像突然想起什么似的,问我:"赵县长,听说您对齐光禄的案件很关注?"

关注?我一下愣了。也说不上我比别人更关注吧?这事儿我确实问过,但是也确实有很多人主动跟我提起过。我真想不到他会从这里斜插下来。

"你怎么知道齐光禄?怎么知道我关注他的事儿?"我问。

"我给他介绍过。给他介绍您的时候,顺便说起这件事,说您很关注基层百姓的疾苦。"赵伟中插话道。

主席赶紧点头称是。

"我们两个是中学同学,他还曾经找过我,那是在他没出事之前。"小舅子侧着头,用指头在头上挠来挠去,"当时我没当回事,谁知道最后竟闹成个这!哎呀,不过他出这事一点也不让我意外,今天不出这事,明天也会出那事。"

"此话怎讲？"我突然来了精神。

"您知道他为什么中学没毕业就不上了？跟我们一个女同学谈恋爱，老师告诉了双方家长，这事儿就黄了。他身上揣着一把刀，跟了老师半个月。最后老师没办法调走了，他也被勒令退学。"

"就事论事，"我说，"你对他这件事怎么看？"

"算了赵县长，咱们还是喝酒吧！这事说起来没个头儿，"人大主任插话道，"我们人大每次开会都会说到这个议题，可是能有个什么结果？"

赵伟中趁着倒茶的工夫，俯在我耳边提醒道："县领导在公开场合都不提这个事儿。"

莫非小舅子要说什么没提前给他说？我没搭理他，扭头对人大主任说："你们可以监督法院嘛！"

"法院？"人大主任看着我笑了笑，"人大真能监督法院？而且，法院说了算吗？法院就是说了算，这里面的很多事情根本就进不了法院。"

"您问我对这件事怎么看,"小舅子好像没有听到我们刚才的对话,只顾说自己的,"我觉得齐光禄这个事情本不该这样处理,而且会有比这好得多的结果——妈的!说起法院来,我一肚子气!法律太滥了也没意思,我在美国,一次有急事超速行驶,结果第二天就收到法院的传票。如果在中国也这么干,一个村民小组设一个法院也不够用——齐光禄太傻、太傻了!"

"那么,齐光禄怎么做才算不傻呢?"我问,其实我已经隐隐约约知道了答案。我认为他觉得齐光禄傻,是站在自己的角度看问题。站在齐光禄的角度呢?他哪有几条路好走?

"您看您看!赵县长,本来我是想来听听您对齐光禄的看法,您却把球踢给我了。您这一问,我这一肚子问题也没影儿了,"他站起来,夹了一个大鱼头放我盘子里,"有些话,要说我不该说啊,尤其是对着你们这些领导。要我说,齐光禄什么都别干,就往上跑,闹呗!

路子不是现成的吗？县里经得起这样闹腾吗？其实，在美国也有这样干的嘛！"

"可问题是，首先是齐光禄经不起这样闹腾，我估计。"

"那也不能这么傻！这个人也真是，从小就一根筋，跟人抬个杠也恨不得玩命！"他没喝多少酒，但是已经上头了，脸红得像鸡冠子，因此说起话来好像义愤填膺，"这人啊，一定得多想一想冲动了之后怎么办？如果一个人杀了你父亲，你一辈子什么都不要了，就要执意为父报仇。最后终于如愿，把那人杀了。且不说法律惩不惩罚你，你父亲一条命，再搭上你的一辈子，这生意划算吗——不不不，不算是生意吧，说大一点就是人生。这样的人生，划算吗？两个人换他一个人，有什么意思？"

我不得不同意他的观点，但是又觉得哪个地方错了。至于错在哪里，又说不出来。也许很多东西是无法一笔一笔算出来的，尤其是幸福和痛苦，还有，整个人生。

停顿了一会儿，小舅子又说："齐光禄找

我而我没帮助他,心里到底是不得安顿。我想着弥补一下,您看这样……"

"别尽说这个了,还是喝酒吧!"人大主任已经明显带出情绪来了,估计今天的局面也出乎他的意料。我们相互看了看,终结了这个话题,不过也没再找到新话题,草草结束了这顿饭。

送我上车的时候,政协副主席拉着小舅子一只胳膊。小舅子用另外一只胳膊拉着我的车门,小声对我说:"赵县长,说实话我很少跟国内的人在一起喝酒。他们只要一有工夫就发牢骚,就骂娘,这最让人看不起。窝囊废才会到处埋怨,才会怨气冲天。有本事你先把自己的事儿弄好,再去骂人家才有底气嘛!"

他浑身乱摇晃,看起来喝得很醉,可是话一点也不醉。我想了半天,也不知道他跟我说这些是什么意思。而且这话套在齐光禄身上,怎么都不合身——齐光禄从来都不埋怨,也从不发牢骚。

十七

在办案人员的循循善诱下,牛光荣最终选择承认卖淫,以此把齐光禄保了出来。齐光禄出来的第一件事就是去找光荣,问她为什么这么傻,硬把屎盆子往自己头上扣。那时候牛光荣已被送到了看守所,在等待处理结果。隔着铁栅栏,牛光荣对着齐光禄指指自己的肚子,说,为了我们的这个孩子,所以你必须出去。这个家可以没有我,但不能没有你。

齐光禄惊得两只耳朵都竖了起来,眼睛瞪得如铜铃一般,很久才压抑住内心的冲动,颤声问道:"既然已经有了孩子,你这不是傻得不透气吗?"

牛光荣流着口水,反而笑了,说:"我才不傻呢,你觉得还有比监狱更安全的地方吗?"

对牛光荣做思想工作的时候,两个办案人员确实很人性化,他们把《刑法》搬出来,帮助牛光荣认真分析了未来的形势。如果牛光荣不认罪,齐光禄就要以强奸的罪名入罪,而强奸罪的量刑幅度是三到十年。归结到本案来说,他强奸的是一个精神上有疾病、身体上也有疾病的受害人,属于情节恶劣,应该从重或者加重处罚。那就可以在十年以上量刑,直至无期徒刑或者死刑。正如牛光荣所言,这个家离开齐光禄,就成了个空架子,非塌下来不可。而如果牛光荣承认卖淫,这就构不成犯罪了,可以不受刑事处罚,最多劳教一两年,"什么都不影响,权当去上了两年大学,回来以后你们仍然好好地过日子。"办案人员微笑着告诉她说。

他们的微笑让她无法拒绝。她知道,任何事情一旦跟法律沾上边,个人就无能为力了。法律没保护她的婚姻,法律也没保护父亲的企业,现在,法律再一次闯入了她的生活,但她还不知道将要让她失去什么,所以她需要在办案人员的微笑里寻找搭救——权衡利弊,最终她把一切责任都揽了过来。

很快处理结果就下来了,牛光荣以"长期卖淫,屡教不改"而被处以劳教两年。实际上,从进入劳教所的那一天起,牛光荣的心情便轻松了不少,更加觉得自己的选择是正确的。劳教所并不似想象的那么可怕,整个布局跟学校差不多,所以派出所干警的"大学"之说也不是诳语。有上课的地方,也有活动场所,每周还能洗洗澡。居住的房间也跟她上学时候的学生宿舍差不多,一个房间七八个人,出门不远就有卫生间,从环境上看还是比较舒适的。

刚到的那天晚上,一个白白净净的女管教干部找她谈话,告诉她这里的制度和要求。每周劳动六天,休息一天。都是很轻松的活儿,累不着人。劳教劳教,劳动是次要的,教育改造是主要的。白天劳动,晚上集中学习和讨论。生活上吃得不错,不但能吃饱,还能吃好,只要不是特别挑剔的人。"到这里是来改造的,又不是来享受的,有什么可挑剔的?"管教干部这样教育她。

这些道理不用说光荣都懂,况且她是苦孩

子出身,什么苦都能受得了,到这里来早已在心里做下了吃苦受罪的准备。

　　第二天光荣就跟着大家出工干活了。四个人一个小组,活儿确实不重,织毛衣片,工艺要求也不高。这东西说是出口非洲的,估计在中国根本没人穿,衣服颜色看着就跟非洲人长得差不多。头一个星期是学徒,光荣跟着老师、一个四十多岁的女人学习。老师在外面是搞传销的,据说也曾经家资百万,后来弄得家破人亡。老公跟她离婚了,两个女儿跟着人家走了,到现在也没个音信。光荣可怜她,买点好吃的都跟她合着伙吃。她的技术进步也很快,不到三天就学会了。开始每天能织十来片,后来可以做到三四十片。女人也不表扬她,只是提醒她说,不能光讲究数量,还得在质量上下功夫。她听不懂话里有话,只管往前赶。谁知做得越多,任务量就越大,最后给她下达每天一百片的任务。虽然有点吃力,她还是赶着完成了。一天晚上,在卫生间洗碗的时候,师傅偷偷告诉她说,在这里面不能当先进,也不能再这样干下去了，否则总有一天会把她累死，"累死也是白死，就跟死个苍蝇差不多，拿笤帚扫出去就完了！"

她们说这事的时候，以为没人听见。可是，第二天师傅就进了学习班，那里专门"修理"不听话的学员，据说里面苦得不可想象。从里面出来的人，一句话都不敢跟别人说。她也被调到第二道工序上，缝盘，就是把第一道工序织成的毛衣片缝合起来，做成成衣。在针织行业，织毛衣片是最轻松的，而缝盘是最难的。要把上下两个毛衣片芝麻粒大小的针孔互相叠合起来缝在一起，一个针孔错了，整件毛衣就成废品了。这道工序都是二十来岁的人干的，眼要好，手要嫩，速度要快。像光荣这样年龄的只有两个人。但是，不管有多难，光荣咬着牙坚持着慢慢也学会了。但她的任务总是完不成，而且每天休工回来，眼前一片模糊，眼睛好像被谁抹了一层油，什么都看不清楚。这活儿确实太费眼睛了，据说眼神再好的人，干不了一年，眼睛也就完了。

开始只是组长提醒她加快进度，不能拖全组的后腿。她也着急，但是进度依然上不去。组长的话有时候就说得非常难听了。她理解组长的难处，知道她也得挨批评，所以从来也没跟她顶过嘴。但是，她们组完不成任务，除了组长在干部那里挨批评，其他人改善生活也没她们组这几个人的份儿，甚至连每个月的卫生纸、肥皂都不发给她们。拖了一两个月，组里面的其他人也开始找她的茬儿。当着她的面骂骂咧咧，背后毁她的东西，不是洗漱用品丢了，就是衣服鞋子找不到了。她都忍气吞声，没告诉过任何人。

一天晚上，她刚刚睡着，突然觉得有一坨湿黏湿黏的东西钻进被窝。她一骨碌坐了起来，吓出了一身冷汗，心都快要跳出来了。她看了一圈，寝室里开着灯，大家都在睡觉，一点动静都没有。她伸手去摸那坨东西，拽出来一看，是几块被水泡得白乎乎的肥皂，被谁粘在一起，趁她睡着塞她被窝里了。她收拾了一下，也没吭声，倒在床上再也睡不着了，早饭也没起来吃。女干警过来喊出工,她赶紧起来洗了一把脸,一边跟着大家下楼一边歪着头整理自己的头发。刚下到二楼楼梯中间,她听见后面哎呦一声,觉得好像有人踏空了楼梯,摔了下来。还没等她躲开,几个人冲下来砸在她身上。她一歪身子,从楼梯上滚了下去。当时自己还能站起来,觉得身上也没摔伤,于是就跟着大家到了车间。坐下不久,她觉得肚子痛,下身湿黏湿黏的,到卫生间解开裤子一看,整个内裤已经被鲜血浸透了。

十八

齐光禄事件中的派出所长名叫查卫东,毕业于西北一所政法学院刑事侦查专业。大学毕业后,他一直在县局刑侦队当侦查员。后来,一起少年杀人案的侦破,使他名声大噪。乡镇一名出租车司机,被人杀害在离镇子不足两公里的河边。犯罪分子的作案手段极其残忍,司机的头颅被钝器所伤,血肉模糊,很难分清楚面目。司机被洗劫一空。罪犯的作案手段非常老辣，现场根本没留下可资破案的任何有价值线索。看了现场后，大部分警员都认为这是一起流窜作案，像大多数发生在鄂豫皖交界处的过路抢劫案一样，可能是个无头案。

查卫东通过现场搜集到的一个不是很完整的脚印，认定这起案件是本地人所为，而且是少年作案。他的理由是，本地山区与大小河流交织的地貌特征，塑造了当地人独有的前脚掌和独特的行路方式。之所以现场没有留下更多的东西，很可能与司机没带什么东西，犯罪分子也没有做好充分的犯罪准备有关。他相信作案的人还在当地，于是不遗余力地进行暗中调查，终于在一所学校抓获了两名未成年罪犯——关于这个故事，我在下来挂职第一年所写的一篇小说里，曾有详细讲述。此案是两个品学兼优的留守少年所为。

查卫东出身贫寒，在走出乡村之前，没坐过汽车，没见过火车，连楼房长什么样都不知道。从小学一直到大学毕业，他始终是一个沉默寡言的人。据说他刚分到单位时也是如此，很少与人交往，基本没有社交活动。开始他住在办公室，后来分到了单人宿舍，来来往往也总是他一个人。没人见他买过菜，也没人见他在机关食堂吃过饭。他与同事之间除了工作基本没什么交往。很长一段时间，谁都不知道他过着什么样的生活。

再后来，有人给他介绍了一个女朋友，是早前一位老局长的千金。这位千金高不成低不就，给耽误到二十大几快三十岁了，也没找到合适人选。她比他大三岁，俩人只见了一面，他就同意结婚了——甚至后来也有人说，即使当时不见面，他也可能跟她结婚。当时机关正分房子。

拿到结婚证，机关事务局给分了一套县政府家属院的房子。两个人是出去旅行结的婚，回来也没再举行什么仪式。平时，查卫东在刑警队忙得没头没尾，很少回来吃饭，有时候一出差就是三五天。所以妻子还是跟父母生活在一起，到他这里来倒像是串门子。

查卫东的妻子人长得漂亮，性格也很浪漫，经常写些诗歌、散文什么的，发表在地方文学刊物和报纸上。任谁都想不到的是，她不仅仅会浪漫，而且竟然还敢在刑警队高手面前作案——查卫东是怎么在她放在娘家抽屉的笔记本里，发现她写给报社一个副总编热辣辣的情书，直到现在还是一个谜。如果执意要把这个问题弄清楚，他前妻曾经的一番话提供了很有意思的线索。"简直像一场噩梦。"她跟朋友诉苦说，"从我们俩结婚，他就没把我当成个好人。我相信连我们家飞进来的每一只蚊子都会经过他私下调查，睡觉他都睁着一只眼。谁跟他在一起，要么被逼疯，要么被逼成个贼！"

　　但是，查卫东在第二任妻子眼里，却是一个很会生活的人——那时他已经小有成就，成为县里的一个名人了。电视上经常看到他，县里有很多重要的会议和活动他也参加。因为破案有功，他先被提拔为刑警队的副队长，不久又被任命为城关派出所的指导员。指导员干了不到一年，就升任这个城区唯一一个派出所的所长——他的前任所长莫名其妙地被免了职，据说有人偷拍到他跟当地黑社会头目在一起喝酒洗澡唱歌的场面。那时候查卫东正在几千里之外的中国刑警学院进修。学习还没结束，上级就把他召回来接任所长。派出所就在县委办公大楼的隔壁，后面有一个小门可以直通县委常委办公楼，可见其位置之重要。

很久以后，有传言说偷拍行为系被他指使。他未置可否，一笑了之。

其实，对他后任妻子的议论从来都没有停止过。要说她的出身并不算低微，父母都是商业系统的老职工。高中毕业，她没考上大学，接母亲的班进了糖烟酒公司当会计。国企改制，糖烟酒公司改成了股份制，很多人的身份都变了，唯独她还是一名会计。这是形成对她第一波议论的主要原因，因为这个岗位是公司核心的核心，掌握着公司的生命线。公司改制不多久，大家的议论便有了具体的目标，她与公司经理的"什么什么事"被"什么什么人"撞见了——也都是传言。嗣后,她调入了县第二人民医院办公室当后勤。在医院干了不久,与办公室主任拎不清的传言又甚嚣尘上。虽然这次没被人撞见,但毕竟无风不起浪,有风浪三丈。她也很难在医院再待下去,不得已,调入机关事务局专门负责接待——出一次事重用一次,大家切身感受到了她身后巨大的权力影子。但谁也没发现什么,更没抓住什么。也许更因如此,对她的议论才会这么密集。她成为县城市民生活的一个符号,一个漂流瓶,过一段时间总有人打捞出来查看一下。平时如果大家在一起聊天,说起这个县里的奇闻轶事,讲不了三件事,保准得说到她。

　　查卫东因受到县委县政府嘉奖而上台领奖的时候,她是专门在后台负责给他们领台的。领奖前的几十分钟,俩人在一起聊了几句,双方都有相见恨晚的意思。很快,查卫东找人撮合,俩人就组成了一个新的家庭。新家庭很有新气象,查卫东像变了一个人,开朗多了,也开放多了。过了不久,他们有了一个可爱的女儿。

女儿长得脸型像她妈，神情像他。当了父亲的查卫东，更加爱护自己的小家庭，对妻子俯首帖耳，对孩子有求必应。

谁都不看好的婚姻，能经营成这样，出乎所有人的意料。但也有不以为然的，有一次，查卫东的小舅子张鹤天喝多以后，在他们家发酒疯。张鹤天指着查卫东说，你别在我跟前装老实，你是没资本再离婚了！

查卫东仍然是一笑了之，不跟他计较。

查卫东的妻子就姊弟俩。弟弟张鹤天可不是一盏省油的灯，家里不知道通过什么关系把他送到省警校，毕业后也不知道通过什么关系又给分到公安局办公室，跟着局长开车。局长下班后，他召集一群发小在街头喝酒。酒酣耳热之际与邻座发生纠纷，他一啤酒瓶子砸人家头上，把自己的制服砸丢不算，还赔了人家五万块钱——对方也不好惹，姑父是省报社的一个老总，占领着舆论制高点，一个小豆腐块都能把他砸成残废。

被公安机关开除之后，张鹤天开过饭店，

修过高速公路,承包过电影院,干一行败一行。后来上级要求县直和乡镇各机关单位无纸化办公。姐姐得到消息后,让他成立电脑公司,估计全县有几百台电脑的生意。于是,他东拼西凑,成立了"天宇电脑公司",还在县城中心位置租了一个办公大楼,买了两台车。开业那天姐夫没露头,由姐姐出面,请了几十桌头头脸脸的客人,闹得阵势很大。谁知无纸化办公只在口头上喊了一阵子,雨过地皮干。地方政府吃饭都没钱,哪有资金办这种事?国家的政策搁浅,一百多台电脑砸手里。后面天天跟着一群要账的,让他焦头烂额。

他看上齐光禄的生意,也是姐姐的一句话引起的。姐姐说,县政府要建第三招待所了。这个招待所规模很大,如果再加上另外两个,光肉菜供应就是一大笔生意。

他在菜市场踅摸了半天,发现齐光禄的店铺不仅位置佳,生意好,经营的商品也比较齐全。于是,摸清楚齐光禄的底细后他便下手了。他无论如何也不会想到,他与齐光禄之间这么一点点民事纠纷,会卷起那么大的风暴,搅得半个县都快翻了天——美国气象学家爱德华·罗伦兹在一次演讲中说到:"一只南美洲亚马孙河流域热带雨林中的蝴蝶,偶尔扇动几下翅膀,可以在两周以后引起美国德克萨斯州的一场龙卷风。"

这个大嘴巴的话终于在中国的一个小县城找到了注脚。

十九

在外人看来,牛光荣也算是因祸得福。她在劳教所只待了四个多月,就因为意外流产被提前释放了。释放之前,劳教所的领导轮番和她谈话,一方面对这次"意外"表示同情,一方面问她还有什么要求,劳教所会尽可能满足她。她能有什么要求?脑子一片空白,说话语无伦次,对走与不走都没意见。劳教所领导拿出一份材料,让她在"以上看过,没意见。牛光荣"这几个字上面按下自己的指印,告诉说她可以回家了。

接她出去那天,齐光禄和弟弟两个人早早便来到劳教所。等到过了上班时间,除了门卫,一个警察也看不到。两个人站在门口一直等到快九点了,劳教所的偏门才开了一条缝,牛光荣像一个游魂一样飘了出来。齐光禄和弟弟跑过去,一人抓住光荣一只胳膊,看着她,话都不知道该怎么说。光荣也是呆呆地看着他们,像陌生人一样。

来时齐光禄租了一辆面包车让光荣的弟弟开着,他在后座上铺了被子褥子。齐光禄把光荣放在座位上,头枕着他的腿。她骨瘦如柴,皮肤薄得透明,与被带走那天判若两人。看着她的样子,齐光禄后悔不迭,觉得当时无论如何不该放她到这个地方来。

齐光禄让弟弟把车子直接开到隔壁县的一家医院。到医院先给光荣做了常规检查,身体倒也没什么大问题,就是虚。虚是病,也不是病。医生告诉他们说。

齐光禄坚持给光荣做了妇科检查。医生给

他说检查结果的时候,齐光禄眼前一黑,差点背过气去。光荣这样的身体条件,很可能再也怀不了孕了;即使能怀上,孩子也会因为习惯性流产而夭折。

坠子和老婆是光荣回来半个月后才从外地赶回来的。坠子看起来比过去更老了,浑身上下一嘟噜一嘟噜的都是赘肉,坐在那里大喘气,好像是用旧零件组装起来的一台蒸汽机。光荣躺在床上,似一个没有呼吸的纸人。坠子老婆过去拉着光荣的手,以往那么爱絮叨的她,一句话都没说,只是看着光荣一个劲地叹气。

下午,坠子安排齐光禄带弟弟去买了十来个菜,两瓶好酒。等他们回来,看见坠子擀好切好的面条整整齐齐地码在案板上,那是他最拿手的"袁面"。坠子边下面条边安排老婆把菜装好盘,摆上八仙桌,把光荣搀起来坐下,然后又在上手空了三个位置。喝酒之前,他在三个空位置上恭恭敬敬地各摆了一碗面,一杯酒,双手擎起自己的酒杯,口中念念有词:

"爹！娘！光荣娘！坠子这里领罪了！你们看我把一家人领成什么了？"

坠子老婆和齐光禄连忙站起来，扶着他劝他坐下。坠子坐下来，热泪长流，眼泪噗嗒噗嗒落在面条碗里。一顿饭吃得像办丧事，打开一瓶酒基本上没怎么动。

第二天一早，天还没亮，坠子就把老婆和孩子们都带走了，谁也不知道他们去了哪里。在此之前，两间铺面早已转给了张鹤天。据说这次张经理干得还不错，把周围几家店铺都盘了下来。三个招待所的肉菜供应全被他承包下来了，光这一项就是一笔不小的收入。

每年的四月初，正是长城边莺飞草长的季节。从城里到这里来踏青的人如过江之鲫，找个停车的地方都很难。当地政府顺势而为，每年举办一次"风筝节"。头两届吸引了国内不少名家，后来越办越大，国外的风筝玩家也都来参加比赛，于是，就把这个活动扩大为"国际风筝节"。

这年的风筝节于四月六日开幕。当日一大早，国内外各家媒体早早来到现场，还有三家卫视台作现场直播。九时九分，锣鼓喧天，鞭炮齐鸣，各级领导鱼贯登上主席台。数百只信鸽振翅飞向蓝天。随后，八十多米长的巨龙风筝、婀娜多姿的蜈蚣风筝和众多各种造型的风筝翱翔翻飞，争奇斗艳。

突然，在放风筝的队伍里，出现了两个头勒白巾、身穿白衣黑裤的男子。两个人的前胸后背都绣着黑色的大大的"冤"字，他们奔跑着、呐喊着，放飞手里的风筝。那是一只巨大的、黑得像墨汁一样的梅花风筝，尾巴上挂着九十九个白色小条幅，每个上面都写着"冤"字。霎时间，中外记者轰动了，纷纷站起来举起手中的长枪短炮。

二十

我安排赵伟中把齐光禄案件的卷宗材料调过来，想详细地查阅梳理一下，以便理清里面的脉络。赵伟中说，"齐光禄案件"不是一个单纯的案件，而是一个非常复杂、前后有很多人经手的"事件"。卷宗材料不止涉及一个单位，也不止涉及某个办案人员。如果把材料全部凑齐，估计要拉一板车。

后来他找到一份早前县委县政府呈报给上级的综合报告给我。我看过之后，觉得情况委实太复杂了，任谁也不好拿出一个彻底解决问题的办法。

天中县委、县人民政府
关于齐光禄事件的经过及处理意见
的报告

……

从整个事件的调查结果看，并没有任何证据证明查卫东参与或者放纵事件的发生，因而对其作出"双开"的处分于法无据，明显失当。鉴于查卫东被齐光禄砍死后，其妻改嫁，父母及女儿的生活没有保障，建议一次性给予其家庭十万元经济补助。

县公安局根据齐光禄涉嫌犯强奸罪的有关事实,对其采取刑事拘留强制措施,是根据群众举报和刑警队采集到的线索依法作出的,并非如当事人和上访人所言是报复行为。但是,鉴于该局在处理此事时采取的方法粗暴,对群众及当事人宣传法律政策不到位,引起群众较大抵触情绪和一系列恶劣后果,经县委常委会研究决定,公安局现任局长、政委予以调离公安机关并给予行政记大过处分。

牛光荣之死有多种原因。虽然构成对牛光荣劳教的违法事实并不充分,但其与多名男子发生性行为的事实是客观存在的,也是应予矫正的。经查明,在牛光荣劳教期间,造成其流产的行为系意外事故。所方发现其身体不适后,所采取的施救及提前释放措施是得当的、及时的。当事人牛光荣及其家人并未表示异议。

四、牛卫国(别名牛坠子)及其家人

在权益受到侵害时，不是通过正当的法律和信访途径解决问题，而是采取极端措施，在"风筝事件"中的行为严重损害了党和政府的声誉以及国家形象，本应给予行政制裁。鉴于主要责任人牛卫国已经亡故，而且有国家机关工作人员损害事实在先的特殊原因，对该事件中的其他参与人员不再追究责任。

五、齐光禄犯杀人罪，已被市中级人民法院依法判处死刑。被告人未提出上诉，现案件已经进入死刑复核程序，等待最高人民法院的最终裁定核准。

六、对事件所涉及到的有关人员，已经依纪依规处理到位。因此事件造成的群众上访尚未彻底平息，县委县政府仍然负有劝解和维稳的责任，我们将尽全力做好防范和化解工作，不使事态进一步扩大。

七、痛定思痛，通过这个事件使我们深刻认识到……时刻把群众利益无小事放在首位……以稳定促发展……努力开创……新局面。

……

我把报告推给赵伟中,仰靠在椅背上,久久没有说话。他一页一页地翻看着,做出非常认真的样子。我知道他一个字都没看进去,他在等着我发话。不管处理任何问题,他总是这么能把握分寸。果然,我刚一坐直,他立即放下手里的文件,认真地看着我。

"牛大坠子,不,牛卫国死后,他老婆没再改嫁吗?"我问。

"没。毕竟她年龄偏大了,村里人给她介绍过几个村民,您知道她怎么说?"他咧开嘴笑了起来,摇了摇头,"'切!勤劳善良的贫下中农,我还真看不入眼里呢!'其实,她也不是个省油的灯,村民一直上访闹事,就是她和儿子两个人在背后指使的。"

"他们能够鼓动村民上访闹事,而且持续这么长时间,说明还是有合理的诉求在里面。"我拿起笔,在文件第"六"项下面重重地划了一道,"从我了解的情况,再加上我刚才看到的这个材料,我觉得事情的麻烦之处就在于,看起来谁都有责任,但是论到法律上,又都没有责任。这么重大的事件,最后查找不出具体的原因,也没有应该承担责任的人,你不觉得更可怕吗?"

"那当然!照您这么说是很可怕。"也许他听出了我的意思,随即调整了态度,重重地点了点头,"老百姓来上访说明还信任咱们,如果有事都不上访了,像齐光禄这样干,那麻烦就大了!"

"齐光禄也不是一步跨到杀人者的位置上,"我把报告重新递给他,"除了这份报告,你再仔细想想:他无处诉说,说了也没人听,听了也不会有人管——如果要讲痛定思痛,这才是痛中之痛!"

"那可一点都不假!"他有点忘形,一巴掌拍自己腿上,"就是因为没管他的事,我小舅子心里一直过不去。上次他回来找您,本来是想让您安排县医院把齐光禄的妹子收治了,所有的费用由他来出,结果主任把这事给搅黄了。都怪我不会办事!"

二十一

对"风筝事件"的处理非常迅速,而且也很到位。国家有关部门成立了联合调查组进驻天中县,找多名当事人和知情者询问情况。虽然不能彻底查清楚,而且对事件性质的认识也有分歧,但调查组要求省市县三级迅速拿出处理意见以平息民怨,并保证无论如何不得再发生类似事件。

派出所长、张鹤天的姐夫查卫东被开除党籍、开除公职,一夜之间从一个警界新星变成一介平民。与案件有关的派出所两个干警被免去职务,有关当局就其涉及到的违法问题展开调查,是否涉及犯罪俟调查结束再作处理。县委县政府对此事件负有监管不严、控制不力的领导责任,分管副县长被行政记过。县委宣传部新闻发言人在回答记者的提问时明确表示,

"矫枉必须过正，人民群众的合法利益必须得到充分有效保护，绝不允许任何人假借公权谋取一己之私！"

对此次事件涉及到的赔偿问题，县委县政府也迅速拿出处理意见：张鹤天立即退还店铺并负责恢复原状，赔偿受害人每月两万元共计十一个月二十二万元的财产损失。为了体现政府勇于承担责任的宗旨，县政府从信访专用资金中拨出十万元，补偿给齐光禄和牛光荣。

处理结果与当事人见面那天，县委一名副书记、县政法委书记、县公安局长、信访局长都参加了。大部分当事人都表示同意，没有什么意见和要求。会议结束后，查卫东走过去拦住几位领导，提出自己在这个事件中不应该承担责任，"我既不知情，更没与任何人打过招呼。如果要承担责任，也仅仅因为与张鹤天有亲戚关系——我是他的姐夫，仅此而已。所以，对我进行'双开'处理显然是不公平的，也没有任何法律和政策依据。"

调查组也确实没有掌握查卫东直接参与此

次事件的有关证据。派出所的两名干警证实，他们的作为是因为"群众举报"，跟查卫东无关。张鹤天和姐姐也证明，从来没与查卫东谈过此事。

县委副书记问："查卫东，即使你没有明示或者暗示你的下属，你派出所的两个干警为什么这么'无私'帮助你而不帮助其他人，这你心里不清楚吗？"

"这个我说不清楚，"查卫东以立正的姿势回答，"我真说不清楚！"

"你是真说不清楚？小聪明是会害死人的！不处理你，怎么向上级交代？怎么跟老百姓解释？都什么时候了，还玩这种把戏？"看着查卫东复杂的表情，县委副书记不耐烦地摆了摆手，"先把主要问题解决了，你的问题随后再说！"说完拂袖而去。

信访局长要求齐光禄和牛光荣在一份"协议书"上签字。齐光禄拿过来看了看那份协议书，大致意思是两条：一是完全同意政府的处理意见，二是保证不再为此事上访。

齐光禄拿起笔就把自己和光荣的名字签上了。信访局长不同意，坚持让牛光荣自己签。齐光禄让他看看牛光荣的样子。信访局长看了看，指示齐光禄拿着牛光荣的手，在她的名字上面按了指印。

一切都恢复了原来的样子。齐光禄的铺子重新开张，生意虽然没过去红火了，但还是比别人的要好。工作之余，齐光禄带着牛光荣每天坚持体育锻炼，还找了县城一个老中医，让他开了半年的调养药。她的身体和精神在逐渐恢复之中，有时候还能听到她的笑声。对这样的结果，大家都觉得很妥帖。他们以为已经揉皱的生活可以伸展、拍平，重新恢复过去的纹路和形状，甚至不会留下一点折痕。

第二年春天，坠子因为肺部感染回到县城住院治疗。开始也没怎么在意，以为像往常一样把炎症消下去就好了。谁知县医院检查的结果是肺癌后期。坠子老婆不相信，坚持带他到北京确诊。结果与县医院的检查并无二致。坠子也知道了自己的病情，拒绝在北京治疗。他坚持回老家，说是自己调养，可是回来后一口药都不吃。到年底，一个胖大的汉子瘦得竟只有几十斤了。弥留之际，他让老婆把几个孩子喊到床前，向孩子们表达歉意，说，自己一直在努力，这一辈子都想为他们办一件大事，可是……光荣拉着他的手说，您办的事情还不够大吗？坠子摇摇头，不够，不够！泪水顺着他的老脸往下落，浑浊得跟泔水似的。齐光禄说，爸，您永远都是我们敬重的爸爸！说罢拉着光荣和弟弟一起跪下了。这是他第一次喊他爸，也是最后一次了。

二十二

新上任的公安局长郑毅，原来是周友邦挂职那个县一个乡镇的党委书记，因为计划生育工作失误被免职。后来上级安排他到市公安局防暴大队任副队长，工作期间成绩突出，提拔到天中县公安局任局长。据说他在市局工作时就和查卫东很熟悉，与查卫东的几个同学也过从甚密。但据后来的调查证明，他和查卫东也仅仅是正常的工作关系。他到这个县任局长时，查卫东已经被"双开"，在家赋闲。也从来没人看到过他在县里跟查卫东接触过。

我来这个县挂职之前他就被调离了公安队伍。据熟悉他的同志讲，他是个非常正派也非常敬业的人，简直是个工作狂，从来没休息过星期天节假日。他所制定的"白天要让群众看到警察，晚上要让群众看到警灯"的工作目标，使这个位于鄂豫皖三省交界、社会治安非常混乱的县，变成公安部表彰的先进单位。所以，他在群众中的口碑非常好，一直到现在，大家说起他还交口称赞。

他到这个县任职之后，在对过去所办理的案件进行梳理的过程中，发现了齐光禄和牛光荣一案。他认为，就案件所涉及到的事实，对牛光荣采取劳教措施显然是处罚过当。但是，这么轻易地放过齐光禄，就是对法律的亵渎，毕竟他的行为已经构成了强奸罪。而这个罪是暴力犯罪，公安机关不能与当事人进行协商私下处理。他将此案件批给刑侦队,并责成政委指导纪检监察部门督办此案。

政委是一个老公安,他比局长到这个县早,对此案件也比较熟悉。他给局长的建议是,这个事情已经处理完毕,里边的问题非常棘手,不能再触及矛盾,引发新的问题了。

局长说:"为什么棘手?为什么会形成矛盾?就是没依法办事嘛!事情要想简单,就只能坚持一条原则:正本清源,从根子上解决问题!"

政委没再坚持自己的意见,他要维护班子的团结。虽然政委和局长分别是公安局的党政一把手,但是这里真正的一把手只有局长一人。

刑侦队去抓齐光禄的时候,他正带着几个员工在店里忙活。最近他又代理了两家知名品牌的肉制品,坠子原来设想的开连锁店的目标眼看着就要变成现实。新店铺的地方已经找好,合同也已经签过,就差付款了。

后妈带着光荣和弟弟回老家给坠子上坟去

了，今天是他的周年。等他们回来天已经很晚了。光荣看到店员交给她的对齐光禄刑事拘留通知书，罪名是涉嫌强奸。她把通知书递给弟弟，呆呆地坐在床边，一句话也不说。后妈从弟弟手里接过通知书，看了看，跟光荣说，今天太晚了，有什么事情等到明天再说吧。

光荣定定地看着桌上的一片灯光，始终没说一句话。

后妈做好饭给光荣端过来。光荣埋头就吃，吃完倒头便睡。后妈不放心，又过来看她，发现她躺着床上直直地睁着眼睛看着天花板，并没有睡的意思。后妈说："想开点光荣，没有锯不倒的树，也没有蹚不过去的河。咱们留得青山在，不怕没柴烧。"

光荣这才开口说话，她说："人要是想死就死多好！"后妈为她掖了掖被子，说："别说傻话了，咱们慢慢来。人就是再没本事也不能被冤枉死。明天就去找他们说理去！"

"妈！"光荣瞪着眼睛，并没看后妈，好像是说给自己听，"他们要是再抓我，您无论如何得帮我拦着，给我留点死的时间！"

后妈的手停留在被子上，看着光荣，半天没说话。

光荣以为她没听清，抓住后妈的手，把刚才的话又重复了一遍。

第二天早上起来，后妈已经把早餐买回来了。今天光荣好像特别能吃，吃了两根油条两个鸡蛋，还喝了一碗豆浆。后妈让弟弟搀扶着光荣，三个人一起来到县公安局，问了半天人家才告诉他们刑侦队在五楼。他们在一间大办公室找到了办案人员。办案人员告诉他们说，齐光禄已经送交看守所拘押了，这个案件正在侦查之中，不能透露任何细节。

"那我们至少应该知道为什么抓人吧？"后妈说。

"不是已经把通知送达你们了？强奸！"办案人员斩钉截铁地说，后来想了想又补充道，"涉嫌强奸。"

"他强奸谁了？是这个孩子吗？"后妈用手指着光荣，"他们都过成夫妻这么多年了，这还算强奸吗？"

"照你说这么简单，如果杀个人，一百年后就不是杀人犯了！"办案人员不耐烦地看着他们。

"当时你们劳教光荣的时候是怎么说的？难道连你们公安说话也不算话了吗？"

"滚出去！"办案人员怒不可遏，一拍桌子站了起来。弟弟赶紧过去护住母亲。

"老天爷还不睁开眼吗？"光荣突然仰头大叫一声，边喊边朝通往阳台的门口走去。后妈见状，失声尖叫："光荣——！"话音未落，牛光荣已经从阳台上一头扎了下去。

二十三

县城东南角有一个老体育场，过去曾经是开批斗大会和枪毙人的地方。谁要是诅咒某个人，总爱说早晚非把你送到体育场去不可！现在它已经被围在县城中心了，平时县里的重大活动或者展销会什么的，偶尔还会用一下。因为进出不方便,几届人代会都提议建新体育场。新体育场拖拖拉拉建了两年多,还没正式交付使用。所以市民们早晚活动还是到这里来。

每天早上,查卫东来得都比较早。他一般五点多钟就出门了,这是他多年来养成的职业习惯。到了体育场,简单热一下身,他便围着跑道跑起来。他每天都坚持跑四十圈,十六公里。如果没有意外情况,比如极端天气或者大型活动占了跑道,即使一般的刮风下雨天气,他都不会停下来。他有这种韧劲,一直都有。

被"双开"之后,查卫东一直赋闲在家。对于自己的处分,他再也没有提起过。肉铺子还给齐光禄之后,小舅子张鹤天开了一家出租车公司,让他去管业务。开始他不想去,后来经不住老婆左右央求,去跑了几个月,又回来了。他和小舅子俩性格合不来,他也知道小舅子从骨子里看不起他。而且平时他不大爱说话,什么事情喜欢做了再说,甚至只做不说,更不爱跟人抬杠。小舅子是个嘴巴比脸还大的家伙,什么事情八字还没一撇，已经广播得满城风雨了。再一个，他也特爱抬杠，查卫东觉得他是世界上最爱抬杠的人。不管你说什么，他先插上一句，谁告诉你是这样？你还没与他争辩，他手一挥打断你，你知不知道啊？到最后，反正就他知道，谁都不能知道。

可是，在查卫东心里，小舅子也不是个坏人。跟他姐的性格一样，四肢发达头脑简单，讲义气，够朋友，对人从来也不知道提防，不管自己吃多大苦受多大罪，也得先把朋友打发舒坦。从公安局被清退之后，他在局里比查卫东的人脉都广，办事能力也比他强。查卫东之所以不想跟他在一起搅和，主要是害怕性格不合，到最后会伤害相互之间的感情，进而影响到家庭关系。老婆不管过去怎么样，现在对他不错，什么事情都由着他的性子来。尤其是出事之后，处处想着他的感受，总害怕他再受到什么伤害。他觉得自己没看错人。

在家闲着没事干，查卫东就练练书法，教教孩子的功课，偶尔回老家陪老人住几天，其余的时间都用来锻炼身体。这几天天气一直不好，没一点风，一天到晚雾气腾腾的，对面看不见人。老体育场因为裹在城内，被各种油烟、灰尘、雾霾包围着，像一锅混汤，根本没法跑步。于是，他就独自跑到新体育场。那里的跑道基本完工了，运动场正在植草皮，围墙还没拉起来。

到新体育场的第一天，他发现只有自己一个人在这里跑。这里毕竟离城区较远，而且交通也不是很方便，城里到这里的主路还没修好。第二天，四十圈快跑完的时候，他发现多了一个人。那人是相对着他的方向跑的，跑起来很慢，好像腿脚不是很方便。跑近了，俩人打了个照面。虽然没有灯光，看不很清楚，但他还是觉得这人有点面熟，想不起来在哪里见过。他想主动打个招呼，后来想想怕人家认出自己，就算了。

牛光荣跳楼之后，县委害怕事情闹大，要求公安局立即撤销齐光禄案件，先把人放了，听候处理。其实也没什么好处理的,只要当事人不上访闹事,上级不追查责任,事情就会慢慢稀释,无非是政府赔几个钱,大事化小小事化了。齐光禄释放出来之后,确实没闹一点动静,也很少出门。倒是光荣的后妈和弟弟到县委政府闹过几次,都被工作人员劝阻回去了。

齐光禄把铺子交给弟弟,什么事情都不想费心劳神了。每天早上,他背着一个羽毛球拍袋,待在查卫东楼下等他下楼,再跟在他后面去体育场。到体育场,他就把袋子放在身边,看着查卫东跑步。一般情况下,他都是在查卫东跑到第三十七八圈的时候跟上去。那时候查卫东的体力已经消耗得差不多了,而且快达到目标的时候,人也比较容易松劲。但是,在老体育场活动的人太多,他试着几次靠近查卫东,都没有下手的机会。他等着雨雪天气的到来,可是这个冬天特别干燥,一直无雨。

后来查卫东转移到新体育场,他在后面跟不上,就没去。

第二天,他骑着自行车,老早就到了这里。

走在路上他就感觉到起风了，但风还不太大。过了一会儿，风刮得越来越大，他担心查卫东会不会来。正在踌躇间，查卫东已经过来了。他看着查卫东热了热身，开始跑起来。他就坐在旁边等着他。查卫东跑到第三十八圈，他把球拍袋打开，里面是一个亮黄的绸布包。再打开布包，包里裹着银光闪闪的日本刀，関孫六。他把刀别到身后的腰带上，逆着查卫东的方向跑起来。那已经是查卫东的第三十九圈了。由于两个人离得比较远，他的腿脚又不方便，所以没来得及靠上去。最后一圈，第四十圈，他跑得很慢。等查卫东跑过来的时候，他捂着腰站住了，哎呦哎呦地喊叫着。查卫东一边喘着粗气一边靠过来，伸手扶他。他猛地一转身，手里一道寒光划过，刀子在风中发出嗖的一声鸣响。查卫东没来得及躲避，刀已经到了脖子上，划出一个大口子，鲜血喷涌而出。查卫东往后闪了一下，惊恐地瞪了他一眼，双手像要拥抱似的伸向他。齐光禄又举起刀扑上去。谁知查卫东却仰面朝后倒去。齐光禄骑到查卫东的身子上，像劈柴一样猛砍起来。这把刀出人意料的锋利，血肉像木屑般乱飞。那种利索和痛快，给了他极大的满足。愤怒和悲哀已经脱壳而出，离他而去。他的注意力完全集中在刀上了，忘记了周围的一切。他唯一的担心就是，身下之物不够喂这把刀，以延续他的狂欢。一下、两下、三下……他快活得泪流满面。你他妈的他妈的日本鬼子！真是一把好刀啊！

二十四

两年的挂职说结束就结束了，回头想想几乎是眨眼之间。时间虽然很短，但在这片历史层层沉积的土地上，我还是感受到了一种厚重、柔韧而又沉闷的东西。这东西莫可名状，黏糊糊的，又是若即若离的。但是我知道，从此之后，这些黏糊糊的东西就像学弟说的苦涩之后的味道一样，将灌注进我的作品里，成为我思想的一部分。

我在想，当地人把汝河喊作回头河，除了地理因素，有没有文化或历史因素？离开天中县的前一天，我站在刚刚通车不久的汝河大桥上久久不愿离去。我顺着桥面，把两边的栏杆拍了个遍，好像这是自己的孩子似的。河面上升腾着雾气，很稀薄，但也很执着，一旦升到与河堤平行的位置，便被风吹散，瞬间就了无踪影。

人类与河流的关系甚是密切，我们说起是哪里人，总是喜欢说靠近哪条河，好像我们的根子就扎在水里。谁说不是呢？我们逐水而居，人生路上遭遇大喜大悲，还老是想着要不要回头，心里总是湿漉漉的。

我忽然想起他们讲的坠子的一个笑话。有一次他唱完戏，跟村里人聊天说（那时他还没当上经理），等我哪天成功了，非到"局部"去看看不可！人家问，"局部"在哪里？他说，"局部"你们都不知道啊？中央气象台天气预报，不是说局部有雨，就是说局部干旱，那儿肯定不是个小地方！

对于我们来说，这个笑话既很可笑，也很可怜。而对于常年生活在偏僻山区里的人们来说，也许局部就是他们的整个世界，或者一生的梦想。坠子离开宾馆并再次"成功"之后，村里人进城找他，只听说他今天在这里，明天在那里，神龙见首不见尾。大家便在私下里议论，弄不好他真是到"局部"去了。

图书在版编目（CIP）数据

北地爱情/邵丽著.-上海：上海文艺出版社.2017.5
（小文艺·口袋文库）
ISBN 978-7-5321-6283-3

Ⅰ.①北… Ⅱ.①邵… Ⅲ.①中篇小说－小说集－中国－当代
Ⅳ.①I247.5
中国版本图书馆CIP数据核字（2017）第064921号

发 行 人：陈　征
出 版 人：谢　锦
责任编辑：李　霞
封面设计：钱　祯

书　　名：北地爱情
作　　者：邵　丽
出　　版：上海世纪出版集团　上海文艺出版社
地　　址：上海绍兴路7号　200020
发　　行：上海世纪出版股份有限公司发行中心
　　　　　上海福建中路193号　200001　www.ewen.co
印　　刷：山东临沂新华印刷物流集团有限责任公司
开　　本：760×1000　1/32
印　　张：7.25
插　　页：3
字　　数：92,000
印　　次：2017年5月第1版　2017年5月第1次印刷
Ｉ Ｓ Ｂ Ｎ：978-7-5321-6283-3/I.5014
定　　价：27.00元
告 读 者：*如发现本书有质量问题请与印刷厂质量科联系*　T：0539-2925888